张鹰 著

别让纸墙挡住脚步

文化发展出版社
Cultural Development Press

图书在版编目（CIP）数据

别让纸墙挡住脚步／张鹰著. —北京：文化发展出版社，2018.12
ISBN 978-7-5142-2505-1

Ⅰ.①别… Ⅱ.①张… Ⅲ.①散文集—中国—当代 Ⅳ.①I267

中国版本图书馆CIP数据核字（2019）第002223号

别让纸墙挡住脚步

张鹰 著

出版人	武 赫
主 编	凌 翔
策划编辑	肖贵平
责任编辑	孙 烨
责任校对	郭 平
责任印刷	杨 骏
责任设计	侯 铮
排版设计	浪波湾

出版发行	文化发展出版社（北京市翠微路2号 邮编：100036）
网 址	www.wenhuafazhan.com
经 销	各地新华书店
印 刷	三河市华东印刷有限公司
开 本	787mm×1092mm 1/16
字 数	190千字
印 张	13
印 次	2019年3月第1版 2019年3月第1次印刷
定 价	49.80元
ISBN	978-7-5142-2505-1

如发现任何质量问题请与我社发行部联系。发行部电话：010-88275710

目 录

第一辑　把孩子当贵宾

替人着想的巴菲特　002
卖艺的境界　004
林语堂超越功利的选择　006
被记住的人　008
张学友"自找麻烦"　010
充当临时服务生的竞选人　012
悲哀不是放纵的理由　014
马云向员工检讨　016
把孩子当贵宾　018
真正的动力源自乐趣　020
摸摸奥巴马的头　022
做敌人的辩护律师　024
做好鲜有人问津的学问　026
肯尼迪保镖的悔恨　029

第二辑　四八三十一

把出丑变成出彩　034
最精彩的发言　036
先做"贼"再劝贼　038
剧本只卖1美元　040

与你所想恰恰相反　042
李鸿章妙解两难　044
检测合作态度的妙招　046
"作弊"的大师　048
就这样打动刘德华　050
四八三十一　052
贫民欺负富户　054
想象不如相见　056

第三辑　只播鸟叫的电台

没商品信息的广告　060
把"单调"早餐吃上30年　062
聘流浪猫做站长　064
为狗狗办个电视频道　066
把酒店建在悬崖上　068
废弃矿井带来的商机　070
用土做出美味　072
被树穿过的隐形酒店　074
把劫难变成商机　076
会驱赶蚊子的报纸　079

只播鸟叫的电台 082
经营有缺陷的酒店 085
红牛公司甘做"冤大头" 088

第四辑　允许"叛徒"反悔

对"大事"视而不见的宰相 092
鉴宝高招 094
"私心"带来积极结果 096
美酒战胜圣旨 098
超值的代金券 100
旅店帝王的算盘 102
故意给乘客找"麻烦" 104
无异议不决策 106
马云三减风投资金 108
画圈培训 110
将天才租出去 112
研制一种赔本的药 114
甘愿掉进"陷阱" 116
允许"叛徒"反悔 118

第五辑　被录取的最差者

做好人生的"小动作"　122
被录取的最差者　124
把自己变成"林肯"　126
做好别人不屑做的事　129
好机会藏在麻烦里　131
半夜推销　133
老木匠点醒大作家　135
你只是表面上已尽力　137
如何破解周鸿祎的手机号码　139

缺陷带来的优势　141
做自己的出版商　143
不要只描绘美好的蓝图　146
丘吉尔作画的原动力　149
"抢"来的锦绣前程　151
从家庭主妇到"印度国宝"　153
用信封上的字制匾　156
缺乏魅力者的竞选逆袭　158
歌神的境界　161
最好的"伏笔"　162
冒险家的争与不争　164

第六辑　看完片尾再散场

把绝症患儿生下来　168
看完片尾再散场　170
因大晴天放假的美国小学　172
急需玫瑰，请打碎"玻璃"　174
偷偷奖励恶搞者　176
美景胜过12亿美元　178
为一只羊战斗　181
牧场主告倒英国空军　184
把牙签做成美味　187
深受欢迎的"不务正业"　190
一次温暖的"兴师动众"　193
222张欠条串成的旅行　196
母爱感动死神　199

第一辑　把孩子当贵宾

替人着想的巴菲特

股神巴菲特是美国运通公司的大股东之一，有一次，他与运通公司总裁格鲁布约好第二天下午前往纽约商谈公司事务。可到了第二天下午，由于机场临时改变了航班计划，导致巴菲特提前1个多小时抵达纽约。

当巴菲特进入运通公司总部的办公大楼时，距离约定时间大概还有1小时。此时正是上班时间，他原本可以与运通公司的前台人员打下招呼，让格鲁布接待，可是他没有那样做，而是在大堂里找了个位置坐下，打算等约定时间快到了才通知格鲁布。

几十分钟后，外出办事的总裁秘书路过大厅时，将正在等待的巴菲特认了出来，于是急忙给格鲁布打了电话。格鲁布急匆匆下楼迎接，见到巴菲特后，大惑不解地问他："你早就到了为何不告诉我？"巴菲特解释说："我怕过早和你会面会影响到你的工作计划，既然约定好了时间，就应按照约定的时间来。"格鲁布深受感动，紧紧攥住巴菲特的手，好长时间说不出话来。

巴菲特平日里也是日理万机，但是当自己的过早来访可能会给别人带来麻烦的时候,他没有做损人利己的事情,而是牺牲自己的时间以确保他人的工作计划不受影响。像这种恪守诺言,将他人的利益放在心里的人,谁不愿意与之合作呢?

卖艺的境界

我平时到家附近的一条马路对面,要经过一个地下人行通道,总是发现两位年轻人在里面弹吉他卖艺。

其中一位年轻人个子较矮,相貌平平,但始终昂着头,目光炯炯有神,看上去坚定而执着。他忘我地弹唱着,尽管歌声有点跑调,但铿锵有力,催人奋发,极富感染力。在他的脚下放着一块纸牌,上面写着"为梦想而努力"。行人会时不时地往他敞开的吉他包里投币,以至于我每次看到他卖艺挣的钱都不少。

另一位年轻的小伙子,个头挺高,相貌英俊,可他在弹唱的时候,总是低着头,目光黯淡,唱的歌听上去悲伤而优美。他的唱功远高于低个子男孩之上。但令我感到奇怪的是,很少有行人给他投钱,以至于我每次看到他吉他包里的钱都寥寥无几。

他们虽然都是文艺青年,都在卖艺,但境界却是不同的——低个子男孩总是昂着头,呈现给行人的是昂扬的斗志和奋发的精神,使得行人愿意支持他;而高个子男孩总是低着头,让人感受到的是消极和失望,于是行人对其无动于衷。低个子男孩打动行人的不是歌声本身,而是乐观向上的精神。

人生不如意事十之八九,而"自助者天助之",若悲观沮丧,就会离梦想越来越远。不管道路多么艰难,请始终昂着你的头!

林语堂超越功利的选择

1939年年底,林语堂所著的长篇英文小说《京华烟云》在美国出版后引起巨大轰动。

为了让世界各地的华文读者欣赏到这部经典作品,有位出版商打算将它翻译成中文后出版。林语堂不仅是一位杰出的学者、作家,还是一位造诣颇高的翻译家。鉴于此,出版商找到林语堂,提出愿意出重金请他翻译自己的作品。林语堂也希望将《京华烟云》翻译成中文,但他却没有同意由自己来翻译。

林语堂认为,能胜任此任的最佳人选是郁达夫,他对出版商诚恳地说:"把自己的作品交给最适合的人翻译,这既是对自己的尊重,也是对读者的尊重。郁达夫英文精,中文熟,并且他英译汉的作品无现行假摩登之欧化句子,而我在一定程度上存在这方面的问题。"出版商答应了林语堂的请求。

1940年,林语堂给郁达夫去信,请他翻译此书。为表示诚意,林语堂还专门给郁达夫邮寄了500美元作为翻译定金。当时的郁达夫正投身到抗日战争之中,他收到林语堂的信和定金后,被林语堂的诚意所感动,同意了林语堂的请求,就抽时间翻译起这部作品,并断断续续在《华侨周报》上连载。几年后,郁达夫在苏门答腊遇害,此时,这部书只翻译了少部分。

尽管林语堂的愿望最终未能实现,但他超越功利、追求极致的做法令人肃然起敬。

被记住的人

2013年5月22日，河南大学教授王立群为河南大学即将毕业的学子们举行主题为《历史与人生》的讲座。王立群的讲座深入浅出，学子们听得津津有味。王立群旁征博引，妙语连珠，台下不时爆发出热烈的掌声。

在讲座即将结束的时候，王立群做了一项调查——他告诉学子，他宣读两份名单，若有人知道名单中人的名字就回应下。第一份名单上的名字是：陈沅、刘子壮、王云锦、林召堂、毕沅、王式丹、傅以渐，第二份名单上的名字是：蒲松龄、吴敬梓、黄宗羲、金圣叹、顾炎武、洪昇、李渔。当王立群逐一读了第一份名单上的名字后，台下要么鸦雀无声，要么只有少数几人附和，而当他逐一读了第二份名单上的名字后，台下附和声都震天响。

调查完毕，王立群对这两份名单进行了说明：第一份名单上的人，全部是清朝的科举状元，而第二份名单上的人，全部是科举落第的秀才。

王立群感慨万千地说："第一份名单上的人都曾风光无限，位高权重，然而今天知道他们的能有几人？第二份名单上的人，均与高官厚禄无缘，可他们不甘平庸，积极进取，都在各自领域取得了杰出成就，因而名垂青史。由此看来，一个人是否能够被社会所认可，被历史所铭记，不在于他身居何位，而在于他究竟为社会做出了什么贡献。"

台下再次爆发出热烈的掌声，那掌声经久不息。

张学友"自找麻烦"

2012年5月,江苏卫视向"歌神"张学友发出了参加2013年跨年演唱会的邀请。在和张学友的工作团队进行了长达半年时间的耐心沟通后,张学友在临近晚会举行的时候最终接受了邀请。

为表示对"歌神"出场的重视,江苏卫视2013年跨年演唱会总导演张玲燕亲自飞赴香港和张学友就合作的细节问题进行确定。在双方协商时,张学友对江苏卫视开出的吃住行等条件均没有提出丝毫异议,而偏偏对其设定的1小时的彩排时间表示不满。张学友觉得为了不辜负合作伙伴的盛情邀请和观众的热切期待,应该按照演唱会的标准来准备演出,所以他主动要求将彩排时间增加到2小时。

这让张玲燕深感意外,因为她原本担心张学友会嫌彩排时间过长,而张学友却"自找麻烦",对于彩排时间,非但没有要求减少,反而要求增加一倍。部分明星与张学友的做法截然相反:对吃住行等待遇提出诸多苛刻要求,而对彩排时间尽可能压缩。

张玲燕接触过很多明星,而像张学友这样主动要求增加彩排时间的凤毛麟角。张学友的敬业精神令张玲燕非常感动,她突然明白,为什么张学友能成为"歌神",而一些原本资质很好的歌手在风光了一段时间后却销声匿迹。

既然选择了做一件事就应尽最大努力将之做到极致,哪怕是别人没有对我们提出过高的要求,我们自己也丝毫不能含糊。

充当临时服务生的竞选人

十几年前,《华尔街日报》现任记者罗斯曼还只是一位名不见经传的自由撰稿人。

一个周六的下午,罗斯曼约她的记者朋友安妮当晚去酒吧玩,可安妮表示不能赴约,因为她很荣幸地接到了纽约知名媒体人布朗的邀请,当晚出席在布朗家中举办的聚会。安妮还告诉罗斯曼,此次聚会将会有不少社会名流出席。

尽管没有受到邀请,但罗斯曼此次聚会是拓展人脉的一个绝佳平台,就恳求安妮带她一起去,安妮很爽快就答应了。

罗斯曼从未参加过如此隆重的聚会,晚上,她心怀忐忑地随安妮来到聚会现场。安妮刚正要向嘉宾引荐罗斯曼,她的手机突然响了。接过电话后,安妮告诉罗斯曼有紧急采访任务,只好先走一步。就这样,罗斯曼被独自留了下来。

罗斯曼撞着胆子,主动上前与来宾攀谈,但因为缺乏经验,她与对方聊不了几句就不欢而散。罗斯曼走到了人群的边缘,她看到一位黑人正独自一人站在那里发呆，以为他是一位服务生，就让他帮自己拿水果。那人迟疑了一下，就把水果给罗斯曼端来了。

不一会儿，参议院竞选人奥巴马发表讲话，而她惊讶地发现奥巴马正是刚才为自己服务的那位黑人。

罗斯曼十分感动，她明白，面对她的冒犯，若当时奥巴马当面澄清自己的身份的话，她将无地自容，而他顾及自己的尊严，才甘愿自降身价充当临时服务生。

悲哀不是放纵的理由

2011年3月11日,西太平洋海域发生里氏9.0级地震,此强震还引发海啸,袭击了日本东北地区。日本岩手县、宫城县以及福岛县沿岸因为在遭受强震后又遭受特大海啸袭击,受灾最为严重,许多房屋倒塌或被摧毁,大火四处蔓延,犹如世界末日一般,许多人在大灾中丧生。

大灾发生后,日本NHK电视台记者佐佐木第一时间赶到宫城县进行直播报道。满目疮痍的场景映入佐佐木的眼帘,他带着哭腔询问灾民的逃生经历和受灾情况。佐佐木多么希望丧生者不要太多,可一个接一个面对镜头的人悲痛欲绝地倾诉着自己的凄惨遭遇,他越听心情越沉重。

佐佐木走到一根倒塌的电线杆旁,发现一位妇女只是默默地流着眼泪,并未哭出声来。佐佐木以为这位妇女家受灾应该不算太严重,至少应该是全家平安,于是沉重的心情稍微缓解了一些。

不过佐佐木不放心,还是向那位妇女求证:"你们家受灾情况如何?"妇女伤心地说:"我们家受灾很严重,我母亲遇难了,房子也塌了。"佐佐木很是疑惑:"可你怎么没哭出声呢?"令佐佐木没想到的是,那位妇女低沉地说:"要知道我只失去了一位亲人,而这里失去更多亲人的人大有人在,如果我不控制自己的情绪,号啕大哭的话,那他们岂不是哭得更厉害了?悲哀也不应该成为放纵的理由啊!"佐佐木为自己武断地推测感到愧疚,他对这位妇女肃然起敬,朝着她深深地鞠了一躬。

处于公共场合,在正常情况下,有些人保持应有的自律都做不到。然而,一位日本妇女尽管因大灾家破人亡,但是仍能够设身处地为身边之人着想,克制自己,不给他人添麻烦,这难道不发人深思吗?

马云向员工检讨

2013年春节前夕，阿里巴巴杭州总部举行春节团拜会。在宴会上，一位同桌的员工问马云："马总，您平时那么忙，是如何平衡好家庭和事业的呢？"马云当即一本正经、滔滔不绝地谈起了自己的平衡之术，在座的员工听得津津有味。马云讲完后，众人纷纷表示称赞，这令他十分受用。

春节过后，马云和妻子前往三亚休假。在一个阳光明媚的日子，马云和妻子漫步在海滩之上。沐浴着温柔的海风，欣赏着美丽的风景，马云和妻子有说有笑地交流着，这令他心旷神怡。而就在此时，马云的电话铃声响起，他接电话后得知公司有件棘手的事需要他立即返回杭州处理。为了不影响工作，马云只好匆匆结束假期。

在飞回杭州的航班上，马云望着天空发呆，他突然回想起在公司团拜会上所讲的关于家庭和事业的平衡之道，越想越觉得和实际情况不吻合。马云意识到自己的错误言论误导了员工，他之所以那样说，完全是自欺欺人，是虚荣心在作怪。这令他忐忑不安。

不久后的一次公司大会上，马云当着众多员工的面作了自我批评："我为前些时候关于家庭和事业平衡方法的错误言论向大家道歉，因为我自己也没能协调好家庭和事业的关系。其实，对于一个真正做事业的人而言，根本没有办法平衡好家庭和事业，只能在把自己的生活和事业混为一谈之间获得乐趣。为了表示歉意，我向大家鞠三个躬。"言罢，马云向员工深深地鞠了三个躬。台下爆发出热烈的掌声，那掌声响了很久很久。

当马云意识到自己犯下错误后，没有为了顾及自己的面子而隐瞒，而是本着对员工高度负责的精神，进行真诚道歉和自我检讨，像这样的领导怎能不令人尊敬呢？

把孩子当贵宾

1984年3月初,纽约展销会隆重开幕。在主办方的盛情邀请下,美国著名艺术家安迪·沃霍尔来参加此次盛会。

沃霍尔在展会现场随便逛着,不经意间走到苹果公司首次展示的麦金塔电脑旁,他顿时就被这款高科技产品给吸引了。此刻,乔布斯正在一旁听取参观者的反馈意见。沃霍尔在报纸上看过关于乔布斯的报道和照片,一下子就认出了乔布斯。沃霍尔热情地与乔布斯打了声招呼,乔布斯也礼貌性地向他问了声好。沃霍尔盛赞乔布斯年轻有为,向他询问麦金塔电脑的用途及操作方法。乔布斯并没有口头解答,而是拿了份说明资料递给沃霍尔,让他自己看。沃霍尔十分尴尬,很不情愿地接过去看了起来。

就在这时,一个小男孩拉着一位妇人的手走到麦金塔电脑边,兴趣盎然地捣鼓起来。乔布斯一边耐心地为小男孩讲解操作方法,一边与他交流着。

沃霍尔原本以为乔布斯会与他畅谈一番,没想到他却和一个孩子打成了一片。沃霍尔感到无比失落，说明资料没看完就默默地走开了。

沃霍尔的"遭遇"被乔布斯旁边的一位好友看在眼里，他问乔布斯："你知道刚才向你打招呼的人是谁吗？"乔布斯问答："当然知道！他是大名鼎鼎的艺术家沃霍尔先生，是此次展销会的 VIP 嘉宾。"朋友大惑不解地说："既然你知道，为何冷落他，而对一个孩子如此热情？"乔布斯斩钉截铁地说："在我眼里，小男孩才是真正的 VIP！因为沃霍尔最关注的是这台电脑的实际用途，而孩子却能告诉我怎样改进才可以让电脑的性能更棒！"

一个真心想干一番事业的人，就应该像乔布斯一样，不被世俗的人际交往所束缚，把精力投入最有价值的事情上，而不是拉拢关系上。

真正的动力源自乐趣

不少人认为,名利是使人把一件事持续做下去的真正动力,其实并非如此,因为如果这种观点成立的话,那该如何解释很多已经功成名就的亿万富豪仍在乐此不疲地从事自己的事业呢?

为了研究是否"给艺术家一大笔钱他们就会文思泉涌",布兰德斯大学的心理学家特丽莎·阿马比尔曾做过这样的实验:

阿马比尔邀请了一批专业艺术家,将他们分成两组,其中的一组受客户委托创作艺术作品,而另一组自发创作。待这些艺术家完成创作后,阿马比尔邀请专家对他们的作品进行了鉴赏,结果专家发现,那些自发创作的艺术作品的艺术价值,比起那些受客户委托创作而成的艺术作品的艺术价值高很多。

由于担心以上结果的产生并非因为获得物质回报的预期产生的负面结果,而是因为艺术家自己的价值受到了委托人要求的制约,阿马比尔又进一步做了更为严密的实验。

阿马比尔招募了一批作家新人,请他们各自写一首俳句风格的诗,其中第一行和最后一行都要用到"雪"这个词。阿马比尔将他们分为两组，先让第一组的作家畅想自己成名后带来的巨额财富和巨大声誉，而让另一组的作家仔细只联想创作的乐趣。此后，阿马比尔又安排每位作家以"欢笑"为主题各自创作了一首诗。

一些专业诗人受阿马比尔委托，阅读了所有含有"雪"字和以欢笑为主题的诗，而后他们对每一首诗所体现的创造力进行了评价——在含有"雪"字的诗中，所有实验参与者表现出的创造力相当，而在以欢笑为主题的诗中，之前做过成名梦的实验参与者比联想创作的乐趣的实验者所表现出的创造力要差很多。

阿马比尔通过上述实验最终得出结论："做一件事真正的动力并非由此带来的名利，而是其本身带来的乐趣！"

摸摸奥巴马的头

白宫西翼办公室的墙上,挂满了30年来美国历届总统工作和生活的照片。一般情况下,每过一段时间,原来的照片就会被新照片替换掉,很少有长期不换的,但在奥巴马任总统期间曾长时间在那里挂着一张照片。在这张照片中,奥巴马朝一个身穿正装、打着领带的黑人小男孩弯腰90度,而这个小男孩则直挺挺地站在总统的办公桌旁,摸着奥巴马的头。在这张照片背后有着这样一个令人动容的故事:

2009年6月5日,前海军陆战队员卡尔顿在国家安全理事会服务两年期满,与以往离职的工作人员一样,卡尔顿全家获得了与总统奥巴马合影留念的机会。合影过后,卡尔顿夫妇与奥巴马告别,就在此时,他们5岁的儿子雅各布拉着母亲的衣角说:"再等一会儿,我有个非常重要的问题要问总统先生。"卡尔顿夫妇吃惊地望着自己的儿子,因为他们事先根本不知道雅各布会有问题问总统。

雅各布对奥巴马说:"我将来也想成为美国总统,可当我把这个理想告诉一个朋友后,他嘲笑我在做白日梦。他说你能成为总统是因为你有一颗超人的脑袋,还说你的头发和其他黑人大不一样,这是真的吗?"奥巴马一下子被这个小男孩充满童真的问题逗乐了,他走到雅各布面前,俯下身来,和蔼地说:"你何不自己摸摸看呢?"雅各布迟疑了,不敢摸。奥巴马鼓励雅各布说:"摸吧,没关系的。"雅各布这才壮着胆子拍了拍奥巴马的头顶,一旁的白宫摄影师索萨将这一瞬间抓拍了下来。奥巴马问雅各布:"告诉我你刚才感觉如何?"雅各布微笑着说:"咦,就跟我的一样!"奥巴马拍拍雅各布的肩膀:"现在你可以放心追求你的梦想了。"

后来,索萨抓拍的那张照片被挂在了白宫西翼办公室,因为深受白宫工作人员的喜欢,一直没有被撤下来。索萨说:"这张照片之所以受到大家的欢迎,是因为堂堂一个大国的总统,愿意为了小朋友的梦想弯下腰来!"

做敌人的辩护律师

1770年3月5日,英国北美殖民军的士兵在波士顿的一个街头公然开枪,造成5名平民死亡,11名平民受伤。英国北美殖民当局与北美平民之间原本关系就十分紧张:英国国旗常被焚烧,征税员也常被浇上桐油示众。这一惨案的发生无疑是火上浇油,北美民众义愤填膺地要求法庭判处被抓的凶手以极刑。

开庭前,殖民当局为这些士兵四处寻找辩护律师,可费了很大周折也没能找到一名像样的律师。后来,殖民当局的一位官员打听到,约翰·亚当斯律师是名杰出的律师,他法律业务精湛,思维敏捷,口才又好,还能迅速抓住案件的本质。于是,这位官员就请他为被囚的8名英国士兵辩护,没想到几天后他答应了。

此事传开后,迅速在北美炸开了锅,北美民众惊诧万分。要知道,亚当斯原本是以反对英国压迫而闻名的,就在不久前,几个水手因反抗英军抓壮丁而杀死了几名英国军官,他为这几名水手进行了辩护,使他们得以无罪释放。北美民众怎么也没想到,这次亚当斯却置民情于不顾。

事实上，亚当斯对英国殖民者也深恶痛绝，之所以答应为敌人辩护并非为了通过讨好英国人而获得什么利益，而是为了维护法律的尊严——在答复前他对事件进行了初步调查，了解了事件的来龙去脉。

亚当斯招来了激烈的辱骂和强烈的质疑。亲朋好友一而再再而三地劝亚当斯放弃为英国士兵辩护，根本听不进去他的解释；他走在大街上，总是有人对他指指点点，有人干脆走到他面前对他进行辱骂和质问，对他的解释同样置若罔闻；还有人给他邮寄匿名信威胁他若不改变主意就杀死他。然而，亚当斯的意志没有丝毫动摇。

开庭了，法庭上挤满了愤怒者。亚当斯通过辩护揭示了事件的真相：先是一群愤怒的北美平民挑衅——他们在波士顿的一个街头向路过的一拨儿英国士兵高喊"打死你们"，还向英国士兵投掷雪球和石头，于是这些英国士兵就开枪还击了。亚当斯辩护道："这些军人杀死对他们进行侮辱、攻击的人是一种正当的行为。"

亚当斯还辩护说："法律是公平的、理智的，只维护善、惩罚恶，并且它的公义并不为民意所左右。"

最终，6名英国士兵被无罪释放，而另2名被判处过失伤人。宣判后，有人高喊："这个判决不公，亚当斯是法律界的败类！"其他一些愤怒者也跟着辱骂起来。亚当斯义正词严地提醒这些因愤怒而丧失理智的人们："自卫的权利正是我们捍卫自由和财产的基础，如果英国士兵的自卫权不被认可，那么我们也就丧失了捍卫自由和财产的基础。"然而这些人根本就听不进去。在此后相当长的一段时间里，亚当斯名声都不太好，遭受着极大的非议和质疑。但是，亚当斯一点儿也不后悔。

清者自清，人们渐渐地理解了亚当斯。1797年，亚当斯成为美国总统。

亚当斯曾参与起草《独立宣言》，还第一个将美国政府搬进华盛顿。然而，在晚年时回忆起自己的一生，亚当斯却认为，1770年的那场辩护，才是他一生中为美国所做的"最杰出、最明智、最勇敢也最公正的事"。

做好鲜有人问津的学问

1935年9月,季羡林和一些清华校友一同前往德国留学,攻读博士学位,为期只有两年。为了在留学期限内顺利拿到学位,季羡林的其他清华校友纷纷拿中国题目做起文章来。就拿季羡林的校友乔冠华来说,他本科学的专业是哲学,到了德国,将博士论文题目定为《庄子哲学的阐释》。中国人谈庄子,自然比较容易,结果,乔冠华仅用一年半时间就顺利通过了论文答辩。

季羡林有着十分扎实的中国文学功底,本科读的是西洋文学,擅长德文、英文,要想在两年内顺利拿到博士学位的话,他的首选科目应该是中国文学,其次则是德国文学或英国文学。可季羡林思来想去,打算将无人问津的梵文作为攻读科目。

一位同去的朋友在与季羡林交流时得知他要将梵文作为攻读博士的科目,大吃一惊,就语重心长地劝他回心转意:"要知道,梵文非常难学,并且没什么用处,大家都唯恐避之而不及,可你为何偏偏选它呢?"季羡林微微一笑:"一切未知中都藏有真知,也许那一棵野草就是将来打开智慧之门的钥匙。梵文表面上看似无用,实则很值得研究——中国文化受印度文化影响太大了,要想深入了解中华文化,就要精通印度文化,这就要求我必须具备过硬的梵文功底。"

这位朋友听了季羡林的解释,认为季羡林独具慧眼,但还是劝季羡林慎重。在他看来,研究梵文一来耽误时间,二来难有建树,这将影响到季羡林的前途。但季羡林还是坚持己见:"若都去选容易的热门的领域,那艰难的冷门的却有着巨大研究价值的未知领域由谁去探索呢?"季羡林的这位朋友被问得哑口无言。

除了季羡林之外,其他和他同期攻读博士学位的世界各地的留学生没有一人选择梵文,所以,季羡林是"梵文讲座"主持人、著名梵文学者瓦尔德·施米特教授唯一的听课者。瓦尔德·施米特教授十分欣赏季羡林,尽管教室里只有一位学生,但是他讲得非常卖力,毫无保留地传授毕生研究成果,季羡林也学得十分认真。

梵文是印度的古典语言,也是佛教的经典语言,在古代曾经有过无上的光荣,可光荣是一回事,难度又是另外一回事。季羡林接触了才晓得梵文的晦涩难懂,感觉它就像是鬼造的一般:文法变化极其复杂,最要命的是,左看右看,就是不知道应该从什么地方断开一个字,即便自己断开了,字典上也找不到。

选择了梵文,就意味着要比他人付出多得多的心血。季羡林被弄得头昏脑涨,精疲力竭,他的心里燃起熊熊怒火,他恨不能把书撕成粉碎。换作别人很可能会知难而退,但季羡林一心要把梵文拿下,硬着头皮往前冲,俨然一副山东汉子的做派。课余,季羡林经常研习着研习着就睡着了,但一觉醒来,他马上抖擞精神,重新投入研习中去。

1941年2月,季羡林完成博士论文答辩,获得博士学位。虽说耗费的时间超出预期3年多,但季羡林关于梵文的研究取得了杰出的成就,为他之后进行的一系列重要研究打下了坚实基础。

或许,一个真正的学者,就应该像季羡林一样,面对未知世界,不是抱着急功近利的心态去攫取,而是胸怀舍我其谁的责任感迎难而上,勇敢拓荒。

肯尼迪保镖的悔恨

约翰·肯尼迪是美国历史上最年轻的总统，也是一位有着杰出才能的总统，同时位列"美国十大文化偶像"之首。令人无比遗憾的是，这位受人敬重和爱戴的总统在1963年的一次出行途中不幸遇刺身亡，过早地结束了他的政治生涯，而事实上，这起历史悲剧原本可以避免。

1963年11月22日下午，肯尼迪正在达拉斯为谋求连任做准备工作，他在夫人杰奎琳·肯尼迪和得克萨斯州州长约翰·康纳利的陪同下，乘坐敞篷车出行。安保人员原本为总统一行安排的车辆是装有防弹罩的特制轿车，但肯尼迪为了拉近与市民的距离，让热情的达拉斯市民如愿以偿地看到他们心目中的总统，坚持改乘没有任何防护措施的敞篷车出行。肯尼迪的保镖们为以防万一，纷纷劝说他改变想法，而肯尼迪鼓励他们说："你们都身怀绝技，我相信你们完全有能力保障我的安全。"

敞篷车缓缓向前行驶，安保车辆紧随其后，道路两旁站满了前来一睹总统风采的市民，肯尼迪夫妇微笑着挥手致意，一切看上去是那么和谐。然而，就在敞篷车刚刚驶过迪利广场时，突然传来一声枪响，所幸这一枪没有击中总统的要害部位。正站在保安车辆最前方左侧的保镖克林特·希尔飞速跳下车并奋力爬上了总统座驾的后备厢，他试图用自己的身体护住总统，可就在那一瞬间，死亡的恐惧让他犹豫了一下，而就在他犹豫的间隙，第二、第三枪接连响起，最后一枪从总统右耳上方射入、正中头部，将总统的头骨击碎。

当时的场景惨不忍睹，肯尼迪的鲜血溅到了希尔的衣服、头发和脸上，而总统夫人被吓得不知所措，她伸手去够一块被炸飞的头骨。希尔奋力将肯尼迪夫人拉回汽车后座，总统血肉模糊的身体顺势滑落在了她的怀里。肯尼迪夫人抱着丈夫，急促地呼喊着他的名字，悲恸地失声痛哭。随行人员立即将总统护送至附近的医院抢救，但由于伤势过重，总统不治身亡。

总统遇刺案后，希尔又继续以保镖的身份为肯尼迪家族工作了一年。之后，他又为美国第36任总统林登·约翰逊及其政府工作。不过，他始终生活在愧疚中。希尔时常想，如果他当时不犹豫的话，完全可以护住总统的身体。他感到自己不仅没有尽到一个保镖的责任，而且辜负了总统的信任。

当时的悲惨场景时常在希尔脑海中浮现，在夜里，他因为悔恨而失眠，即便睡着了也经常梦见总统。心灵的煎熬让希尔患上了抑郁症，他只好在1975年辞职回家。辞职后，希尔没有再找新的工作，而是依靠妻子的工资生活。为了排解内心的忧愁，希尔开始酗酒，每次醉酒回家后，他无法控制自己的情绪，就对妻子又打又骂，他的妻子无法忍受虐待，于1978年和他离了婚。

离婚后的希尔更加放荡不羁，一直靠捡拾废品和领救济金勉强度日。1994年，希尔听说肯尼迪夫人患上了癌症，虽然他十分担忧，但还是没有勇气向她致电问候，因为他知道自己的声音会唤起她对总统遇刺那天的悲惨回忆,而她的声音也会唤起他内心的愧疚。

步入老年,希尔内心仍旧一直充满负罪感,有一次,他在做客美国著名访谈类节目《六十分钟》时说:"每当我想起肯尼迪夫人抱着丈夫时痛苦的表情,就无比愧疚和后悔。我的懦弱让肯尼迪总统遇害,也毁掉了我的人生。"

第二辑　四八三十一

把出丑变成出彩

第二次世界大战期间，有一次，英国陆军在前线吃了大败仗，士气受到重挫，身为陆军总司令的丘吉尔来到前线视察并给士兵鼓劲。

丘吉尔在临时搭起的演讲台上发表了慷慨激昂的演讲，台下掌声不断。丘吉尔下台时，由于天刚下过一场瓢泼大雨，台面异常湿滑，他一不留神摔了一跤，仰面倒在地上。士兵们从来没有见过这么大的一个人物当众栽跟头，加之丘吉尔身躯肥胖，显得十分滑稽，所以不禁哈哈大笑起来。

随从的一位军官急忙上前将丘吉尔搀扶起来，并对士兵呵斥道："不准笑！你们这样对总司令很不礼貌！"可士兵们依旧大笑不止，这位军官惊慌失措。丘吉尔嘱咐他："不要阻止他们，让他们尽情地笑吧！难道你不觉得好笑吗？"这位军官深感意外，放声大笑起来，就连丘吉尔也忍不住大笑起来。

大笑过后，丘吉尔走到演讲台后说："我刚才摔的跟头才是此次演讲最出彩的地方，因为，这个跟头要比刚才的一番演说更能鼓舞你们的斗志!"台下立刻爆发出雷鸣般的掌声,这次的掌声比刚才演讲时的任何一次掌声都要响。

丘吉尔的这一跤的确起到了很好的效果,士兵们作战英勇无比。

当众出洋相后,与其想方设法挽回自己的面子,不如顺水推舟,把洋相变成有利因素,这样出丑就变成了出彩。

最精彩的发言

贝托尔特·布莱希特是德国著名诗人、戏剧作家，有一次，他受邀参加一个作家的交流会并致开幕词。

此次活动的主持人是首次上台主持，没什么经验。在布莱希特致辞前，主持人先以冗长的发言对与会者表示欢迎，而后围绕着此次交流会的主题滔滔不绝地谈了起来。主持人的讲话内容空洞无味。布莱希特暗自叫苦不迭，昏昏欲睡。其他台下的与会者尽管偶尔鼓下掌，但只是出于礼貌而已。

主持人好不容易讲完后，以高八度的声音宣布："下面，请著名诗人、戏剧作家布莱希特先生为大家致开幕词！"布莱希特快步走上讲台，摄影记者与主办方工作人员手中的照相机咔咔作响，记者则拿起笔记本，掏出笔，等待着记录他的精彩发言。

可令大家万万没有想到的是，布莱希特严肃地高声说："我宣布会议现在开始！"说完，布莱希特即快步走下讲台，回到座位。这令大家目瞪口呆，但很快大家就反应了过来，随即奋力地鼓起掌来，那掌声经久不息。

其实，布莱希特已经精心准备好了开幕词，但主持人的发言让大家听得不耐烦，于是他就临时改了主意。尽管布莱希特此次的发言只是短短的一句话，但却被公认为是他最精彩的发言之一。

其实，有时，好的发言不在于有多长，也不在于多么深邃、声情并茂，而在于应景。

先做"贼"再劝贼

20世纪40年代初,埃及还处于法鲁克王朝的统治之下。当时法鲁克王朝的国王法鲁克二世是位混世魔王,他不仅喜欢奢华的生活,还有个令人不齿的嗜好——偷盗。法鲁克二世尤其喜欢偷闪闪发光的物品。

平日里,法鲁克二世甘愿自降身份,想方设法去偷大臣们的东西。为了提高自己的盗窃技术,法鲁克二世甚至专门跑到监狱中向盗窃犯求教。

英国当时还是埃及的宗主国,有一次,法鲁克二世访问英国,英国女王举行国宴招待他。进入宴会大厅后,法鲁克二世原本想收手,但当他看到一个做工十分考究、造型独特的银质调味瓶后,顿时手痒了。法鲁克二世环视四周,发现无人注意他,就迅速拿起调味瓶放进了口袋里。令法鲁克万万没有想到的是,就在他拿起调味瓶的瞬间,一旁的丘吉尔不经意间发现了他的偷盗行为。

丘吉尔并没有当众拆穿法鲁克的劣迹,而是不动声色地走到法鲁克身旁,当着他的面将另一只精致的调味缸给偷走了,这令他目瞪口呆。丘吉尔对法鲁克耳语说:"国王陛下,我们都被发现了,还是都将东西放回原处比较好,您觉得呢?"法鲁克悻悻地照做了,而丘吉尔也将东西放回了原位。

　　劝诫别人时,若过于直接就会令对方难堪,甚至引起对方强烈的抵触。给对方一个台阶,使对方不至于太尴尬,就可以在达到目的的同时,避免伤了彼此的和气。

剧本只卖1美元

1984年,他还只是名初出茅庐的年轻导演,过着穷困潦倒的生活。有一次,他连续几天没有吃东西,贫困和饥饿将他打垮在床上。睡梦中,他梦见人类被一个来自未来的机器人追杀,惊醒后,他意识到这样的故事在电影史上从未有过。于是,他以此为背景创作出一部科幻电影,这令他欣喜若狂,他感到改变命运的机会来了。

当他开着破旧的汽车四处寻找投资时,那些电影制作公司非常看好他所讲述的故事,可对于由他自己做导演的请求根本不屑一顾。当电影公司以巨额的稿酬来购买剧本时被他坚决地拒绝,因为做导演才是他真正的梦想,尽管以他的身价,做导演拿不到多少报酬。

有位同行得知他的处境后告诫他,在奉行金钱至上的好莱坞,不会有哪位电影公司的老板会傻到雇佣一位没有任何名气的导演,除非有贵人相助。受此启发,他找到一位著名的制片人,承诺以1美元的超低价格向其转让剧本,条件只有一个——由他来导演自己的电影。这位制片人感到有利可图,爽快地答应了。就这样,他抱着破釜沉舟的决心,投入紧张的摄制工作之中。

后来，这部投资仅650万美元的电影，在放映时间仅仅1周，且没有做多少宣传的情况下，创下12倍电影票房的佳绩，这使他一举成名。这部电影就是由施瓦辛格主演的《终结者》，而他就是美国著名导演詹姆斯·卡梅隆。

有很多人之所以失败，不是他们不懂得为自己争取，反而是因为他们不愿意也不善于为了自己的终极目标而放弃眼前的利益。暂时的失去并不可怕，可怕的是被眼前的利益遮挡了视线。敢于为了梦想而放弃，方能踏上成功之路。

与你所想恰恰相反

古斯塔夫·马勒是奥地利享誉世界的指挥家、作曲家，30多年前，他已经在奥地利家喻户晓，然而在中国还没什么名气。

有一次，马勒来到上海指挥上海交响乐团演奏他的《第二交响曲》，作家赵丽宏和妻子前来欣赏。马勒的交响曲刚柔并济，恢宏时如大江奔流，轻柔时如溪水潺潺，犹如天籁之音一般叩打着赵丽宏的心弦。

在演奏到第三乐章时，赵丽宏发现，坐在他右侧的一位著名的德艺双馨老音乐家竟然仰面睡着了，还打起鼾来，那鼾声此起彼伏。而此时，正全心投入指挥中的马勒累得挥汗如雨。

赵丽宏心里想：如此动听的音乐竟然没能打动这位老音乐家，即便是他不喜欢演出，也不应倚老卖老。但碍于情面以及这位老音乐家的声望，赵丽宏没有叫醒他。

演出结束后，这位老音乐家被巨大的掌声惊醒了，也起身奋力地鼓起掌来。赵丽宏为他感到害羞，也为他没有好好欣赏如此精彩的音乐而感到遗憾。在回去的路上，赵丽宏和妻子交流时谈了自己对于这位老音乐家的强烈不满。

后来，赵丽宏专门购买了马勒的《第二交响曲》唱片。一个周末的上午，赵丽宏坐在客厅的沙发上欣赏起这张唱片来。优美的旋律在赵丽宏的耳边回荡，他听着听着不知不觉就睡着了。赵丽宏的妻子买好菜回到家里，发现赵丽宏睡着了，怕他感冒了，就把他叫醒了。

赵丽宏意识到，马勒的音乐实在太动听了，他是在一种完全放松的状态下去听的，以至于被催眠了。赵丽宏恍然大悟，自己可能错怪了那位老音乐家。后来，有一次聊天，那位老音乐家告诉他，当时的确是因为马勒的音乐太动听而被催眠了。他当时睡着不是因为音乐难听，而是音乐实在太优美了。

有时，不要轻易地通过别人的一些表面行为就对他人做出评价，因为实际情况可能与你所想恰恰相反。

李鸿章妙解两难

1870年7月，李鸿章卸任湖广总督，奉命由湖广前往天津就任直隶总督，并处理天津教案，待与新任湖广总督交接完差事后即前往天津。

接替李鸿章的正是他的大哥李瀚章，一天上午，他来到位于武昌的湖广总督府，很长时间不见的兄弟两人见面后自是异常高兴。两人简单拉了下家常，正要交接工作时，一位武昌官员的仆人递上了一封请帖——武昌的众多官员以及李鸿章的许多当地朋友请兄弟两人前往黄鹤楼赴午宴：一来给新任湖广总督李瀚章接风，二来为新任直隶总督李鸿章饯行，三来庆祝兄弟两人久别重逢。兄弟两人欣然应允。

兄弟两人交接完工作后，快到了中午吃饭时间，于是前往黄鹤楼赴约。来到黄鹤楼的宴席旁，众人却为两人的座次犯了难，其中一位官员对兄弟两人说："两位李大人，按照辈分来说，李瀚章大人是大哥，理应居上位。可是按照官位，李鸿章大人是协办大学士，官位更高，理应居上位。那么，现在座位的座次，究竟该是谁居上呢？"

兄弟两人也顿时被这位官员的问题问住了，面面相觑，一时不知如何是好。李鸿章强迫自己镇定下来，以酝酿消除尴尬的办法。片刻后，正当众人抓耳挠腮之际，李鸿章坐到了主座上："今天的筵席我们只论公事，这样的话，因为我的官职最高，理应坐主座。但按照大家请帖上的意思，还要讲下私谊的，再者，让大哥坐在我的下座也不像话。所以，你们明天还得再摆几桌，只论私谊，如此我的大哥自然就可以坐上座了。"

众人听了李鸿章的解决方案，无不拍案叫绝。

当我们处于两难的境地之时，采取一种非此即彼的思维方式去审视问题当然无法两全其美。此时，不妨跳出思维的局限性，巧妙地采取一种折中的方式去化解。

检测合作态度的妙招

20世纪70年代中后期到80年代末,范·海伦乐队曾经是世界上最受欢迎的乐队之一。

40年前,范·海伦乐队成立于美国加利福尼亚州。而后,在世界各地演出公司的盛情邀请下,范·海伦乐队进行巡演。演出前,范·海伦乐队与演出公司签署的合同长达50多页,合同中会对合作的内容以及诸如接待、舞台布置、媒体采访等各种细节进行约定。

起初的几场演出一切顺利,并且范·海伦乐队的演出热情非常高涨,演出十分精彩,好评如潮。

然而,好景不长,接下来的几场演出状况频出,要么是接待细节出现纰漏,要么是麦克风突然中断,要么是电气系统突然短路。更有甚者,有一次乐队正表演得起劲,舞台突然坍塌,好在有惊无险,未造成人员伤亡。这些状况严重影响到乐队成员的心情和演出,也给歌迷带来很大遗憾。

出了几次事后,乐队成员和经纪人分析后认为,这些问题原本应该避免，因为合同中约定的一些条款已对这些可能出现的问题进行了防范。之所以会发生是因为主办方并未真正履行这些条款。

  该如何测试主办方是否认真履行了合同中的条款呢？范·海伦乐队的经纪人经过苦思冥想想出了个好主意——在合同非常靠后的关于点心的条款中注明乐队要求提供 M&M's 巧克力豆，并且绝对不能有棕色的。如果乐队抵达演出地点后，发现对方提供的巧克力是棕色的，就可以判定对方未仔细履行，进而让对方对舞台布置以及后勤支持的各个环节认真检查一遍，若发现问题就要解决掉。

  采用了这种检测方法后，范·海伦乐队演出时就很少出现状况了。

  细节决定成败，在与他人合作时，与其期望对方能够认真地做好每一处细节，不如采取一种防患于未然的方法，保障细节执行到位。

"作弊"的大师

米开朗琪罗是欧洲文艺复兴时期著名的雕塑家。有一次，受佛罗伦萨市政部门的委托，米开朗琪罗雕刻一座巨型战士雕像，完成后将被安放在佛罗伦萨市政广场。

米开朗琪罗全身心投入雕刻之中，两年后，大功告成。在雕像被运往佛罗伦萨市政广场前，行政长官罗伯特领着一些雕塑家来到米开朗琪罗的工作地验收。抵达后，这些雕塑家观赏到了一座气宇轩昂、栩栩如生的战士雕像，一致认为这是件一流的艺术品，对米开朗琪罗赞不绝口。

然而，罗伯特看了后却皱起眉头，对米开朗琪罗说："那鼻子稍微有些低，能否把它变得再高些？"米开朗琪罗知道罗伯特是个外行，他的建议毫无道理可言——他认为雕像已达到最佳效果，无须修改。但是米开朗琪罗却回答说："您的意见很好，我这就去修改，保证您满意！"

于是，米开朗琪罗将雕刻刀装进上衣的一个口袋里，登上脚手架，爬到了相应位置，而后从口袋里掏出雕刻刀，修起雕像的鼻子来，大理石粉末也随之纷纷飘落下来。

过了一段时间，米开朗琪罗回到地面，问罗伯特这次是否对雕像的鼻子满意。罗伯特开心地说："非常棒！"米开朗琪罗暗自发笑——他的雕刻刀根本就未碰到雕像的鼻子，只是距离其很近而已。因为离得较远，罗伯特没有看清。

在罗伯特一行抵达前，米开朗琪罗担心罗伯特乱指挥，就在自己上衣的一个口袋里装了些大理石粉，以备不时之需，后来果真派上了用场。当爬到相应位置，米开朗琪罗从口袋里掏雕刻刀时，顺势抓了把大理石粉，将之紧紧攥在手心里。而后，米开朗琪罗边假装忙碌着，边松手使大理石粉逐渐落下。

在与人交际时，面对一些不合理的提议，不妨表面上妥协下，做做样子。这样一来，既可以坚守住自己的想法原则，又能维护对方的颜面。

就这样打动刘德华

多年前,刘德华参加了湖南卫视举办的中国金鹰电视艺术节,自此与湖南卫视结缘。此后,湖南卫视每举行大型活动都会向他发出邀请,然而由于各种原因,刘德华一直没有参加。

直到2013年湖南卫视举行跨年狂欢夜,双方的再次合作才得以实现。在这次晚会上,"零点大咖"刘德华的精彩表演和与观众的互动成为最大亮点,是湖南卫视成为2013年跨年演唱会收视冠军的最重要因素之一,而此次湖南卫视邀请刘德华的过程极富戏剧性。

早在2012年6月,湖南卫视就向刘德华发出邀请,然而,刘德华表示他的档期已经排到了2013年的下半年,所以无法接受邀请,湖南卫视只好尊重他的选择。

2012年11月中旬,湖南卫视2013年跨年狂欢夜总导演廖珂获知歌神张学友加盟江苏卫视跨年演唱会的消息后倍感压力,因为湖南卫视邀请到的明星中没有人能与张学友匹敌。但他转念一想,不到最后一刻决不放弃,再次将希望寄托在刘德华身上。廖珂亲自致电刘德华,表示愿意将出场费提高一倍，可是刘德华还是没有答应。

2012年11月底的一天深夜，廖珂在回家的路途中，车中播放刘德华的经典歌曲《爱你一万年》时，他突然有了主意。回到家后，廖珂连夜以刘德华铁杆歌迷和湖南卫视2013年跨年狂欢夜总导演的双重身份，给刘德华写了一封长信。在这封亲笔信中，廖珂以感人至深的文字回顾了刘德华近30年的从艺经历，谈了对刘德华经典作品的体会，表达了对刘德华的崇拜和喜爱，还代表刘德华的所有粉丝请愿，希望刘德华能陪粉丝一起跨年。第二天一大早，他派助理飞赴香港，将信送到了刘德华手中。第二天晚上，刘德华主动打电话对廖珂说："你的信让我十分感动，我决定调整档期出席晚会，并且只以你们最初的报价收取出场费。"

当刘德华初次婉拒湖南卫视的邀请时，廖珂通过增加出场费来吸引他出场结果仍无济于事，而当他发自肺腑地吐露心声后，很快就打动了刘德华。这说明，当我们寻求别人的支持时，在有的情况下以利诱之不如以诚动之——在我们将物质利益作为达成目的的诱饵未能如愿的情况下，面对拒绝，若能设法表露心声，以诚动之，或许会打动对方。

四八三十一

子路是随从孔子周游列国的弟子之一，曾随孔子在陈国待了三年。有一次，子路去集市上买菜。

来到菜摊旁，子路发现摊主正在给一位年轻人称白菜。称好后，摊主把白菜递给买主后，买主向他付了钱。摊主数了两遍钱后，对买主说："我刚说的很清楚，每斤八铢。你买了四斤，一共应该付给我三十二铢，而你只付了三十一铢，少了一铢。"让子路大吃一惊的是，买主斩钉截铁地说："明明是四八三十一，你却说四八三十二，这不是坑人吗？"

摊主义愤填膺地反驳道："四八三十二，连三岁小孩都知道，你却说我耍赖，简直是胡搅蛮缠！"就这样，摊主和买家争得面红耳赤，争吵得越来越激烈。

子路看不下去了，就劝买主："四八明明三十二，就一铢钱的事，还是补上吧！"摊主这才发现是孔子的得意门生子路在为他主持公道，就向子路连连道谢。可买主依旧不依不饶，竟将了子路一军："亏你还是孔子的学生，竟然连常识性的知识都弄错了！你要是不认错，我们就去找你的老师评理去！"子路顿时火冒三丈："去就去！要是我说错了，我就将我的帽子送给你！"买主也不甘示弱："如果我错了，我就将头砍下来给你！"

于是，子路、摊主和买主三人一同去见孔子。见到孔子后，子路先将事情的来龙去脉告诉了他，之后让他支持公道。没想到孔子沉思片刻后，严肃地对子路说："买主说得对，四八三十一，你把帽子给他吧！"子路以为听错了，向孔子确认他刚说过的话，他又重复了一遍。子路丈二的和尚摸不着头脑，既万分委屈，又暗自纳闷："老师犯糊涂了吧？"可碍于礼数，子路还是将帽子从头上摘下来递给买主。买主心花怒放，奚落了子路一番后大摇大摆地离开了。

子路很不服气，迫不及待地问孔子："先生，明明是四八三十二，可你刚才为何说我错了呢？"孔子没有正面回答子路的疑问，却反问他："你觉得对错重要还是那位买主的性命重要呢？"子路毫不犹豫地回答："当然是那位买主的性命重要了。"孔子欣慰地说："这不就得了，那位买主显然是神智有问题的人，所以才固执地认为四八三十一。如果我说他错了，弄不好会闹出人命来，而为了区区一铢钱把事情闹大，值得吗？"子路顿时恍然大悟。摊主也觉得孔子的话很有道理，就心平气和地离开了。

与人交往时，的确需要坚持原则，分清是非对错，但在有些情况下，如果这种坚持无关紧要却可能带来极端恶果的话，变通就显得尤为必要。

贫民欺负富户

宋明理学的代表人物朱熹曾在福建崇安县任知县，在他任职不久后的一天，有位贫苦农民来到县衙告状：他有一块祖上传下来的坟地，是块风水宝地，被县里一个富户给霸占了。这里原本葬着他的父亲、祖父、曾祖父，可富户派人强行将他的这三位亲人的灵柩移走。这位贫民呼天抢地，恳求朱熹为他申冤做主。

朱熹命人把那位富户传唤到公堂之上，公开审理此案。贫民和富户情绪都十分激动，双方各执一词，争论得面红耳赤。那块地属于野地，无地契，而口说无凭。于是，朱熹带着随从和两位涉案人来到那块坟地察看情况。

朱熹精于风水，发现这里依山面水，俯临平原，左右护山怀抱，眼前朝山与案山拱揖相迎，的确是块难得的风水宝地。朱熹发现，此地添了座新坟。

富户向朱熹禀告："这是我不久前请一位风水大师帮我新选的坟地，刚安葬了我的父亲。"贫民申诉说："他的坟是强占此地后新挖的，我们家的几座坟被他派人强行移走后给填平了。"

朱熹被贫民提醒：被填埋的三处坟地应有填埋痕迹。于是，朱熹就让贫民带他到原来的坟地所在处察看。贫民领着朱熹走到不远处，他果真看到有三处明显的填埋痕迹。朱熹问贫民："三具棺材现在何处？"贫民说："重新安葬到我家田里了。"朱熹命人跟着贫民去核实，差人前去察看后向他禀告，贫民家的地里确实添了三座新坟。

朱熹由此断定："一定是富户仗势欺压贫民，把风水宝地抢占了去。"于是，朱熹把坟地判给了贫民，把大户判了个抢占坟地之罪。贫民高喊"青天"，拜谢而去。朱熹暗自得意：我今天又做了件锄强扶弱的事！

故事到此并未结束，后来，富户向负责监察崇安县的监司喊冤，监司将此案发回崇安县重审。朱熹认为，监司趋炎附势，如果自己不就范，恐怕会没有好下场，就感叹道："盖此世道，直道终不可行！"一怒之下，朱熹弃官归隐武夷山中。

后来，新的知县上任后，经过调查和审理后，真相大白，这的确是一起冤案：坟地的确是富户的——贫民是个泼皮无赖，平日里偷鸡摸狗，蛮横无理，大家都不敢惹。他听说一位富户新选了块风水宝地，又了解到这位富户乐善好施，一向与人为善，就连夜带着家里人，把原本就位于自家地里的三个坟地的表面弄成新坟的样子，而在富户地里又制造了三处填埋的痕迹。

新知县把那块坟地又判还富户，治了贫民的罪，为富户洗刷了冤屈。

几个月后，有一次，朱熹的一位仁安县的朋友去武夷山中拜访他，将此事告之。朱熹听后震惊不已，为自己冤枉好人而感到无比愧疚。

人的确应正直，但人性和世事都是复杂的，在你未全面了解一个人和一件事之前，千万不要轻易下结论，否则就可能犯和朱熹一样的错误。

想象不如相见

三毛生前十分仰慕贾平凹，贾平凹所著的长篇小说《浮躁》与中篇小说集《天狗》，她反反复复仔细阅读了二十遍以上。贾平凹也很欣赏三毛这位才华横溢的女作家。

1990年4月的一天，贾平凹在读报时了解到三毛将要到西安举行签售，他以为她会顺道前来与他相会，热切地期盼着她的到来。在此之前，两人从未谋面，曾互通书信交流，在信里彼此表明将来有机会相见。

4月30日是三毛抵达西安的第一天，当天傍晚，有人叩响了贾平凹的家门。贾平凹以为是三毛来了，急匆匆跑到门口开门。可那女子告诉贾平凹，她是三毛的朋友，受三毛委托前来拜访他，贾平凹无比失落。

那女子对贾平凹解释说："三毛原本打算来拜访您的，可一下飞机她变了主意——她觉得没见面，双方通过作品想象对方，会产生美妙的神秘感，而一见面可能就没意思了。她想让这种神秘感保留更长的时间，所以此次就不前来拜访您了，希望您能理解。不过她说，将来一定找机会与您相会！"贾平凹觉得三毛的顾虑有一定道理，不过他倒认为，知音相逢是何其美妙之事,即便留下些遗憾,但因为心心相印,不也是瑕不掩瑜吗?可他转念一想,来日方长,出于对三毛的尊重,就没强求见面。

12月26日上午,贾平凹又收到了三毛的来信。三毛在信中说:"我希望明年或者后年,再去西安,您愿不愿陪我到商州走走?"信的落款是"您的忠实读者三毛"。贾平凹收到信后感动不已,立刻给三毛回信,在信中他动情地说:"我盼望你明年能来西安,只要你愿冒险,不怕狼,不怕苦,能吃下粗饭,敢不讲卫生,我们就一块骑旧自行车去一般人不去的地方逛逛,吃地方小吃,看地方戏曲,参加婚丧嫁娶的活动,了解社会最基层的人事。"

当天下午,贾平凹就急不可耐地将信寄走,此后,他耐心地等待着三毛的回音。可等了二十天,他没等来三毛的回信,却突然在报纸上得知三毛在两天前自杀身亡了。贾平凹大吃一惊,泪如泉涌。在很长的一段时间里,贾平凹一个人静静地坐下来发呆时,每当想起三毛这位素未谋面的知音,内心就会一片悲哀。

三毛死后,每当和朋友聊起她,贾平凹就后悔地说:"没能与三毛见面,给我留下了一个很大的遗憾。当初,她来西安,托朋友来见我,如果我当时表露自己真实的想法,恳求与她相见,还是很有可能如愿的。可我当时觉得机会多的是,就压抑了自己的想法。哪知世事无常,永远无法见到她了。"

知音与知音相逢时,心与心的碰撞发出的声音无疑是世间最美妙的声音。两位彼此投缘而素未谋面的人见面后可能会对彼此产生一些遗憾,但是世事无常,为了保持神秘感而错过了倾听最美妙的声音,将产生更大的遗憾。

第三辑　只播鸟叫的电台

没商品信息的广告

星巴克美国连锁咖啡公司是全球最大的咖啡连锁公司。

40多年前在美国成立后,为了快速提升其在美国的知名度,星巴克耗费巨资在美国各大主流电视台播出了一则广告,此广告中的女主角是当时正当红的一名美国女演员,广告画面精美,充满了诗情画意。然而,播出了较长一段时间,却反响平平。

巨额广告费就这样打了水漂,星巴克难以接受这样的结果,打算合作到期后终止与这家广告公司的合作,并且打算今后再也不与这家广告公司合作了。为了留住星巴克这个大客户,广告公司主动向其承诺为其免费再拍摄一则广告,以此扭转局面。为尽快完成任务,广告公司的策划部夜以继日地忙碌着。然而,一周过去了,没有任何进展。

广告公司策划部的部长召集部员开会时大发雷霆,部员都沉默不语。这样的场面突然让一位资深的策划员有了注意,他打断了部长的讲话,阐述了自己的灵感:广告一般而言都是有内容的,不如反其道而行之,拍摄一则只提供一小会儿静默时间的无实质内容的广告,以此来引起观众对广告客户的探究兴趣。这一创意赢得了大伙儿的一致赞同。

半个月后的一天晚上，美国各大主流电视台在同一时间发布了这样一则通告：下面是星巴克美国连锁咖啡公司为您提供的 10 秒钟的静默时间。而后，这几家电视台的信号同时中断了 10 秒。从来没有哪家企业向观众提供静默时间的，这一特殊形式的广告给众多的电视观众留下了深刻的印象，令他们非常好奇。他们纷纷探究星巴克究竟是怎样的一家企业。这样一来，星巴克的知名度迅速飙升，很快成为家喻户晓的咖啡连锁企业。

想要取得好的宣传效果，不必总盯着广告内容本身做文章。有时，即便广告本身无实质内容，但若能引起受众强烈的探究兴趣，就能起到绝佳的宣传效果。

把"单调"早餐吃上 30 年

2012 年 11 月初,姚晨正在香港拍摄电影《风暴》。有一天早晨,刘德华盛情邀请包括姚晨在内的几名主演来到当地一家有名的茶餐厅吃早茶。在此之前,姚晨和刘德华接触很少,对彼此都不太了解。

刘德华十分热情,为大家点了满满一桌各种各样的茶点。大家津津有味地吃起来,而刘德华却一个人吃麦片和酸奶混合而成的粥。坐在刘德华一旁的姚晨看不下去了,就劝他和大家一起吃茶点,可他却婉拒说:"你的好意我心领了,可是我要严格控制体重,每天吃这样的早餐最好!"

姚晨感慨地说:"大家都看到你身为超级巨星风光的一面,却不曾看到你在生活中是多么地苦。为了保持身材,你的早餐竟然吃得如此简单!"可刘德华却说:"我觉得我吃得挺好啊!"姚晨深感意外,她疑惑地问道:"你作为一个大明星,吃的早餐既不精致也不丰盛,你不觉得郁闷吗?"刘德华微笑着说:"我不仅不郁闷,反而很开心。1982 年我从无线电视艺员训练班毕业后任无线电视台演员,从此我开始吃这份早餐,到现在我已经吃了30年，并且越吃越喜欢吃，已经舍不得了！"姚晨更加疑惑了。

看姚晨一头雾水，刘德华就向她解释了事情的缘由。原来，起初刘德华吃这份早餐的时候是极不情愿的，没吃多久就快坚持不下去了，于是就向自己的营养顾问求饶，请她给自己改一下早餐的营养方案，让自己的早餐变得丰富一些。可那位营养顾问坚决不答应，她告诉刘德华早晨吃这份早餐时最佳方案，建议她吃这份早餐的时候要平心静气、全神贯注，怀着享受美味的心态。刘德华照做了，没想到渐渐地喜欢上了这份早餐的味道。

姚晨终于恍然大悟，向刘德华竖起大拇指。姚晨当即向大家分享起自己的感触："如果一件事你不得不坚持去做，可你却不喜欢它，再强迫自己恐怕也难以持久，只有让自己发自内心地爱上它，才会有持续不断的动力。"

聘流浪猫做站长

贵志川线是日本和歌山县境内唯一的一条铁路，原本隶属于南海电气铁道公司，但由于亏损严重，这条线路的经营权被转让给了和歌山电气铁路公司。然而，和歌山电气铁路公司接手后，并没有迅速扭转贵志川线日渐萧条的局面。

贵志站是贵志川线上亏损最严重的一个站点，位于纪之川镇。为了减少赤字，和歌山电气铁路公司将贵志站改成了无人值守的车站。

有一次，日本和歌山电气铁路公司市场部经理启介乘火车前往纪之川探亲。下火车后，启介发现，有一只浑身脏兮兮的花猫正蹲在站台上，炯炯有神地注视着他，就好像在迎接他一样，他很快意识到这是一只流浪猫。望着这只楚楚可怜的流浪猫，启介突然灵机一动：既然贵志站没有站长，那我们干脆聘它做站长好了，这样的话既给它找了个归宿，并且还可以带动贵志站的人气。于是他将这只流浪猫带在身上，在探亲结束后开始实施自己的计划。

启介给这只流浪猫取名阿玉。在他的安排下，和歌山电气铁路公司在贵志站召开新闻发布会，在各大媒体的见证下，给阿玉颁发了终身聘书，承诺给阿玉的报酬是精品猫粮。这件事经媒体报道后，在日本引起巨大轰动。

　　和歌山电气铁路公司给阿玉配备了一名"助理"，这名"助理"除了负责阿玉的饮食起居外，还要协助阿玉开展工作。此外，贵志站的房屋被改造一新，变成了猫头的形状，车站的屋顶装上了两只"猫耳朵"，中间写着阿玉的英文名字，而猫鼻子下面就是候车厅的大门，造型十分有趣。

　　阿玉像贵志川线上其他火车站的站长一样，每天9点上班，下午5点下班，周一到周六工作，周日休息。在每个工作日，阿玉由它的"助理"叫醒，经过梳洗打扮，戴上为它特制的站长帽，前往指定地点开展工作。它的工作就是迎接或目送来来往往的乘客，乘客经过时被这只可爱的猫站长吸引，就友好地跟它打招呼。

　　阿玉担任站长后，越来越多的乘客乘坐火车来到贵志站一睹它的风采。就这样，贵志站不仅成为人气超旺的火车站，还成了当地著名的旅游景点，为和歌山电气铁路公司和纪之川镇带来了源源不断的财富。

　　很多时候，眼光决定成败，一只流浪猫对于很多人而言，仅仅是只流浪猫而已，但对于启介来说，它有着扭转乾坤的力量。

为狗狗办个电视频道

一年圣诞节时,美国圣迭戈电视台创意总监瓦尔·塞洛克斯买了一只西施犬,她给这只狗狗取名茉莉。茉莉非常可爱,给塞洛克斯全家增添了许多欢乐。然而,2012年1月的一天,当塞洛克斯下班回到家后,茉莉没有像往常一样扑向她的怀里和她亲昵,而是朝着她汪汪地大叫起来,这把塞洛克斯吓了一跳。塞洛克斯安抚了好一会儿,茉莉才恢复平静。

第二天,茉莉又出现了同样的反常行为,塞洛克斯担心茉莉生病了,就带它来到宠物医院看病。宠物医生埃米莉为茉莉做过详细的检查后,发现茉莉身体很健康。为了诊断出导致茉莉出现反常行为的原因,埃米莉向赛洛克斯详细询问了茉莉的日常生活情况。当得知塞洛克斯因为上班或外出办事时经常将茉莉独自放在家中这一情况后,埃米莉对赛洛克斯说:"这正是导致茉莉出现反常行为的原因,因为狗狗是群居动物,非常害怕孤单。如果你不得不经常让狗狗独自留在家里的话,得想个好法子提高它的生活质量才行。"塞洛克斯接纳了这个建议。

回家后的当天晚上，塞洛克斯像往常一样陪儿子看一部有关狗狗的动画片，她不经意间发现茉莉也蹲在一旁看得出神，这让塞洛克斯顿时想出一个好主意——为狗狗量身定做一个电视频道，专门播放狗狗喜欢的节目，那样就可以让经常独自在家的狗狗得到放松。塞洛克斯为自己的想法兴奋不已：在美国养狗非常普遍，很多爱狗的人也会有和自己一样的困扰，所以办一个针对狗狗的频道肯定会大有市场。

在圣迭戈电视台台长的支持下，塞洛克斯联系到一家著名的以色列电视公司，负责狗狗频道节目的研发。这家公司花费了大量时间调查研究了狗狗的各种喜好，最终筛选出最受狗狗欢迎的声音和画面，以此作为依据，制作出专门供狗狗观看的电视节目。

2012年2月13日，圣迭戈电视台狗狗频道正式开播，这个频道开播后大受欢迎，曾经经常独自待在家中的狗狗不再孤单，在家中溜达烦了就可以看下电视。出现在电视上的其他狗狗、鸟类、猴子、斑马等动物都成了狗狗最喜欢的明星，比起人类，这些狗狗似乎更加关心同类是怎样生活的。狗狗的主人对于这个频道也非常喜欢，虽然那些节目并不适合他们看，但是可以消除狗狗的寂寞，就拿塞洛克斯来说，自从收看了狗狗频道的电视节目后，茉莉的精神状态有了很大改观，异常行为很快就消失了。所以，众多的美国家庭为自家的狗狗开通了这个频道，虽然每月只有5美元的使用费，但相对一般电视频道而言还是贵了许多。

就这样，狗狗频道凭着独特的创意，为圣迭戈电视台创造着源源不断的财富。

把酒店建在悬崖上

吉利是意大利北部维琴察市的一名高级建筑工程师,尽管拿着令许多人羡慕的高薪,可是,他渐渐厌倦了朝九晚五的工作,很想利用自身的特长闯出一片属于自己的天地。

2012年7月10日,身为意大利登山俱乐部会员的吉利和其他队友一起攀登位于意大利与法国之间的一座雪山。当天傍晚,他们实在太累了,就在一处悬崖附近宿营。坐在悬崖边上,阿尔卑斯山脉绝美的风景映入吉利的眼帘:夕阳染红了西边的天空,一座座雪山显得庄严而肃穆,群山之间云雾缭绕,犹如人间仙境一般。

吉利不无遗憾地想:要是好友阿尔伯特在身旁就好了——2009年圣诞节,阿尔伯特与他的两位同学攀登此次吉利攀登的雪山,抵达那处悬崖后,突然遭遇特大暴风雪。当救援人员乘直升机赶到时,三人全部冻死了。

面对着无比美丽的景色,回想着阿尔伯特的遭遇,吉利的脑海中突然萌生了一个大胆的想法:在悬崖上建造一座专门服务于登山者的酒店,不仅使入住者免遭极端天气的伤害,还可以欣赏雪山独特的风景。可当他将自己的这一想法告诉一旁的队友后,那位队友不屑一顾地说:"你的想法听起来就像天方夜谭,要知道我们现在所在的地方海拔有3000米,工人们如何在这么高的地方进行施工呢?"吉利微笑着说:"只要想做,办法总会有的。"

登山活动结束后,吉利辞去了工作,花费1个多月时间,精心设计出悬崖酒店的建筑结构并制订出可行性的建设方案。为了挽救受困于暴风雪中的登山者的生命,他选用了能够抵御极端低温的高标准建材。在开工建设时,工人们事先在岩石上打上了多个重型螺栓以固定"地基",然后用直升机多次往返将组件逐一运到山上安装。

悬崖酒店有一半悬空,距离崖底的岩石有400米,尽管总面积仅仅9.3平方米,但里面的生活设施可真不少:不仅设有卧室、厨房、观景厅等房间,还配有双层木床、物品架、衣柜等家具,甚至配备了用于获知天气状况的无线网络设备以及用于获取淡水的雪水净化装置。

登山者若想下榻这家酒店须提前在网络上预订,交纳每晚60欧元(约合人民币470元)的住宿费。开业后,吉利邀请意大利登山俱乐部的一些会员进行免费体验,电视台对此项活动进行了报道,悬崖酒店很快就火了。登山爱好者纷纷前来入住,由于悬崖酒店最多同时可以容纳12个人入住,所以很多人不得不排队等候。

把酒店建在悬崖上,听起来太不可思议,但吉利确确实实做到了。很多时候,我们与成功擦肩而过并非因为我们能力不足,而是由于我们缺乏大胆的想象和挑战困难的勇气。其实只要你敢想敢做,成功并没有你想象的那么难。

废弃矿井带来的商机

2013年6月,英国小伙戴维斯在特鲁罗市的商业地段创办了一家婚庆公司。公司刚成立,加之周边还有好几家婚庆公司,竞争相当激烈,因而在开业后的一段时间内,戴维斯公司的生意都不太好。

2个月后,戴维斯为业务员好不容易拉到的一单业务发起愁来——弗莉达小姐希望他的公司能为她和男友亚尔林策划一场特殊的婚礼,须对婚庆方案确认后才签署协议。策划人员为这对恋人设计了多种方案,可她认为这些方案都缺乏新意。弗莉达有些不耐烦了,表示如果他们在一周之内仍旧不能拿出让她满意的方案的话,她将改选其他婚庆公司。

为了留住客户,从星期三到星期五连续3天,戴维斯带领策划人员夜以继日地重新构思方案,但他们还是没能拿出理想的方案。星期六,戴维斯又在家加了一天班,依旧没有任何突破。星期天一大早醒来,戴维斯的妻子玛丽邀请他去郊游,可戴维斯想在家继续构思弗莉达的婚庆方案。玛丽劝道:"你前几天太辛苦了,太紧张反而不会有什么灵感,还是出去放松下吧!"戴维斯认为妻子言之有理,就应允了。

戴维斯与妻子来到郊外后,漫步在丘陵原野上,有说有笑。走着走着,他们走到一处被栅栏围起来的洞口旁。戴维斯通过洞口旁的指示牌判断,这是一处废弃的矿井。起初,戴维斯对它不以为然,然而从洞口旁没走出多远,他突然间想到:一对新人抵达常人难以抵达的矿井下举行婚礼,既新颖、浪漫又能够诠释爱之深,这不是个很好的主意吗?戴维斯为自己的创意兴奋不已,手舞足蹈起来。当戴维斯将自己的想法告诉了玛丽后,她很看好。

第二天上午,戴维斯赶到那处废弃矿井的管理部门递交了使用申请,并请求详细了解下它的构造。当办事员看过戴维斯的申请后,向领导进行请示,领导认为在确保安全的前提下,对废弃矿井进行创造性利用,是变废为宝,于是当即同意了他的申请和请求。

之后,戴维斯匆匆赶到公司,和策划人员依据废弃矿井的结构再次为弗莉达制订新的婚礼方案。第二天,当弗莉达看到新的婚庆方案后,十分满意,赞不绝口。

为了宣传推广矿井婚礼这一新推出的业务,戴维斯打算通过推特进行现场网络直播。在婚礼举行前的一段时间,戴维斯通过各种渠道对直播活动进行了预告。

10月的一天,弗莉达和亚尔林的婚礼如期举行。150米深的井底被布置一新,在点点灯光的映衬下,显得浪漫而神秘。新人及亲友先被详细告知了安全注意事项,再乘坐电力缆车,通过1000米隧道抵达婚礼现场。等候在此的公证人为这对新人主持结婚仪式,当公证人宣布新人结为夫妻后,在场的亲友为他们热烈地鼓掌。婚礼大约持续了40分钟,之后,新人及亲友通过缆车返回地面举行露天酒会。

此次婚礼直播吸引了无数网友观看,大家纷纷为戴维斯的创意拍案叫绝。戴维斯的公司一下子火了,前来预定矿井婚礼业务的客户络绎不绝,滚滚财富流向他的口袋。

很多被废弃的事物表面上看起来一无是处,但只要对其创造性地加以利用,便可以化腐朽为神奇,产生意想不到的效果。

用土做出美味

20年多前,日本青年田边俊雄在巴黎向名厨学做法国菜,学成后他在东京的繁华地段开了家名为"别离开"的高级餐厅,以法式海鲜作为主打菜品。渐渐地,"别离开"高级餐厅的生意做了起来,客流量虽不是太大,但利润也是比较可观的。

如今的田边俊雄已到不惑之年,有一次,他坐在办公室独自发呆时想到,虽然自己长时间以来四平八稳地经营着餐厅,收益有保障,但是这也代表着他因循守旧、不思进取,他的事业被限定在了一个高度。该如何让自己的餐厅生意火爆起来呢?田边俊雄开始苦思冥想起点子来。

伊藤是东京一家园林公司的资深园林专家,与田边俊雄十分要好。一个周末的上午,伊藤和田边俊雄带着各自的妻儿来到野外郊游。两家的大人有说有笑,两个小男孩追逐嬉戏,大家都很开心。

突然,伊藤的儿子被草绊倒,正面摔在地上,啃了一嘴土,顿时大哭起来。伊藤发挥他的专业优势,安慰起儿子来:"你只知道土的脏,却不知道它对人体健康的益处。土是大自然的产物,富有营养,能补充铁、锌或钙等微量元素,并可以对抗体内的寄生虫和植物毒素。历史记载,食土癖在人类中广泛存在。更何况，土只是进了你的嘴里，你根本没吃下去。"小家伙经爸爸这么一说，就不哭了。

伊藤的高论让田边俊雄目瞪口呆，刹那间，一个大胆的想法在他的脑海中冒了出来：何不以土为主要原料，创造出一批新菜品呢？当田边俊雄将自己的灵感和盘托出后，他的妻子和伊藤的妻子都认为他是在开玩笑，而伊藤却赞同他的想法。在伊藤看来，只要能确保所用之土无菌、无污染，那么这是个绝佳的创意。

在伊藤的建议和指导下，田边俊雄带领"别离开"高级餐厅的大厨们研制以土为主要原料的新菜品。

田边俊雄让人专门购买从地下16公里处取出的土，又将这些土拿到实验室进行检验，确保没有受到污染。之后，大厨们将这些土放置在微波炉内，以200摄氏度高温消毒15分钟，再放入沸水中煮30分钟，以彻底消灭其中的细菌，最后还过滤掉其中的沙子。

最终，大厨们用这些安全的土，精心创造出土烧意大利米粥加肉、土制冰淇淋、法式烤土和奶酪等菜品。其中最具特色的是用"泥水"与淀粉制作的土汤，这道汤黑黑的，佐以一片松露。

"别离开"高级餐厅把这些菜品推向市场，在显眼位置张贴了宣传资料，介绍这些菜品的信息以及土质检测报告、制作过程。菜品的价格从6500日元到1万日元不等，而且必须至少提前三个月预定。

尽管如此，还是有很多人被这些既颠覆想象又环保的菜品所吸引，纷纷进行预定。顾客尝过后会感到有点牙碜，可瑕不掩瑜，独特的味道让他们连连称道，尤其是那道"土汤"最令人叫绝，它鲜美的味道令人如痴如醉，于是他们就向亲朋好友极力推荐。就这样，"别离开"高级餐厅的生意变得非常好，每月的利润在原有的基础上增加了几倍。

提到土，人们首先联想到的是它的脏，而田边俊雄却能够打破思维的局限，从中挖掘出巨大商机。成功永远属于那些敢于抛除成见，大胆创新的人。

被树穿过的隐形酒店

瑞典北部的哈拉斯村拥有最原始的自然风貌,这里空气十分清新,四周被茂密的森林及清澈见底的湖泊所环绕,酒店、餐厅、商场、酒吧、加油站等配套设施也十分齐全,因而每年吸引着大批游客前往。

爱丽娜是瑞典一家酒店连锁集团的老板,3年前的春天,她随丈夫奥利尔来到哈拉斯村度假。一天下午,爱丽娜随丈夫在森林中散步。走着走着,奥利尔突然异想天开地说:"这里不仅安静,而且风景宜人,如果你们能在这里建一座酒店,倡导'远离喧嚣,亲近自然'的入住理念,生意应该不错,只是环保部门肯定不会允许砍伐树木的!"

丈夫的玩笑使爱丽娜眼前一亮,她兴奋地说:"那何不在不损害树木的前提下建造呢?"奥利尔给妻子泼起了冷水:"我只是随便说说,你还当真了,不砍掉树,哪里有建设空间呢?"爱丽娜则说:"既然不能砍伐,那就让酒店穿过树,与树共生。"奥利尔为妻子的大胆设想连连叫好。

爱丽娜对于自己初步的灵感并不满足,她边与丈夫继续漫步,边绞尽脑汁思索如何才能更好地诠释"远离喧嚣,亲近自然"的入住理念。爱丽娜进一步想到,为了让旅客更好地欣赏风景,可以把酒店建在空中。

后来，爱丽娜在补妆的时候，映入镜子里的景象又给了她灵感：如果房间的外墙全部贴上玻璃镜面，那么人们看到的就是森林的景象了，这样一来，房间不就像从地球上消失了一样吗？

为了让自己的创意尽快付诸现实，爱丽娜提前结束了假期。在爱丽娜的盛情邀请下，瑞典的知名建筑师和装修设计师分别做出了建造和装修设计方案，而后，她拿着建造和装修设计方案找到森林的管理部门寻求支持，没想到对方很快就同意了。

没过多久，爱丽娜的隐形酒店就落成了。这些隐形客房是边长为4米的立方体，都从树中间穿过，采用了轻质铝合金结构，距离地面4~6米，被链接着其他大树的钢索吊着，外墙全贴上了玻璃。吊起客房的钢索和用于固定的装置都是可以灵活调节的，工程师每隔一段时间就会检查树的生长情况，如果有必要就会给这些树"松口气"，使它们能够茁壮成长。

此外，为了避免隐形客房被鸟类撞上，工程师还给玻璃墙面贴上了仅有鸟类可视的红外线薄膜，从而同时确保了鸟类和客房的安全。旅客通过客房的窗户可以进行360度观景，里面的设施也一应俱全。入住时，旅客可通过地面架起的12米长的木板吊桥进入。

开业前夕，爱丽娜在酒店的旁边打出了巨幅户外广告，还在各类媒体上进行铺天盖地的宣传，主打广告语为"入住隐形酒店，让自己从地球上'消失'吧"，这引起了许多人的共鸣。营业后，隐形酒店的生意异常火爆，客房总是供不应求，有时即便提前几天预订也难以订到，以至于不少人不得不提前很多天预订。不仅如此，没过多长时间，隐形酒店就成了哈拉斯村的著名景点。

当自然环境成为商业活动的制约时，不少人宁愿破坏自然环境也要追求经济利益，这种做法令人唾弃。其实，很多时候，自然环境与商业活动不一定是非此即彼的关系，只要有好的创意，自然环境不仅可以与商业活动和谐共生，还可以为其注入巨大的活力。

把劫难变成商机

新口味快餐公司是由美国快餐业大亨奥德里奇 2013 年 9 月初创办的,总部位于纽约,主营比萨,其旗下的比萨连锁店遍布美国多个城市。新口味快餐公司的市场总监由奥德里奇的儿子麦克斯担任,他曾从事多年市场营销工作。

品尝过新口味快餐公司的比萨后,不少消费者赞不绝口。然而,仅靠口碑提升知名度较慢,并且,在美国,比萨深受消费者欢迎,有很多品牌,原本市场竞争就很激烈,加之麦克斯在市场营销方面一直没能采取有效的举措,导致较长时间此公司的生意不温不火。

一年后,深感愧疚的麦克斯辞去了市场总监一职。于是,新口味快餐公司向社会公开招聘新的市场总监,经过层层选拔,年仅 30 岁的约翰脱颖而出,进入试用期。除了几位高层外,新口味快餐公司的很多人对约翰出任市场总监一职深感担忧。

2014 年 9 月 25 日下午,在旧金山办完公事的约翰乘飞机返回纽约。因为在旧金山的这几天工作过于忙碌,约翰睡眠严重不足,飞机起飞后不久，他就睡着了。

约翰睡梦正酣，突然被机舱内的哭泣声、尖叫声惊醒，他一旁的一位老人还比较镇定，提醒他："我们的飞机起落装置出现故障，电视正在直播这一事件！"（这架飞机上的每个座位都安装了小型的卫星电视）约翰从卫星电视屏幕上清晰地看到了自己搭乘的飞机在空中盘旋消耗燃料的情况，这才意识到自己正在经历一场劫难。

机舱内躁动不安，不少人在向上帝祈祷。乘务人员耐心地安慰乘客，告诉大家机长是位经验非常丰富的驾驶员，会竭尽全力化险为夷，让大家保持冷静和克制，但另一方面，又分发纸条，让大家留下简要的遗嘱。

就要紧急迫降了，根据机长的指示，乘务人员请一些乘客更换到了机舱后部的部位，以增加飞机后部的重量。此外，机长通过广播知会乘客可能会遇到的情况：飞机的后轮会先着地，然后是前轮，在此过程中可能会听到巨大的轰鸣声。

在飞机紧急迫降纽约机场的最后时刻，机舱气氛骤然剧增。不过令乘客惊喜的是，飞机最终平稳落在了跑道上。机舱内响起雷鸣般的掌声，大家欢呼雀跃起来，庆祝渡过大劫，一些乘客还激动地哭了起来。

约翰也无比欣喜，但很快从喜悦中脱离，突然想到：因为这次事件正在被国内各大电视台直播，当乘客走出机舱后，肯定会有众多电视台的记者进行直播报道，这不正是一次免费宣传自己公司产品的绝佳机会吗？

结合这次劫难，约翰很快想好了广告词。走出机舱，约翰发现，果然有众多电视台记者簇拥在飞机舷梯前。约翰主动走到几位记者的面前谈起了自己的"感想"："十分感谢机场、空乘人员以及其他为此次成功迫降付出努力的工作人员，当然，还得感谢上帝，他们让我重获新生！我又可以品尝到新口味快餐公司无比美味的比萨了，活着真好！"

无数正在观看直播的观众顿时对新口味快餐公司的比萨产生了兴趣，

纷纷通过网络了解这家公司连锁店的地址信息，以便前去品尝。

很快，新口味快餐公司旗下的比萨连锁店生意变得火爆起来，这家公司一跃成为美国名列前茅的比萨连锁店知名品牌。

约翰因为绝佳表现提前通过了试用，并且获得了公司隆重的嘉奖，不仅如此，公司的创始人为了拴牢人才，还给他分配了一定的股份。

有些时候，机会是隐形的，若没留意到就会悄无声息地与我们擦肩而过，它只属于那些有心人！

会驱赶蚊子的报纸

《莫比玛》周报是斯里兰卡最畅销的周报之一,期发量高达 100 万份。几个月前,这家报纸公开招聘一批大四实习生。凭着优异的专业课考试成绩以及面试表现,来自斯里兰卡一家普通大学的大四新闻专业学生维纳辛甘成了其中的一名,是他们学校进入这家报纸的唯一的大四学生。

在第一天报到时,维纳辛甘被《莫比玛》周报人事部的主管告知,因为报社临时缺一名记者,在这批实习中,表现最佳者将成为报社的记者。此外,主管还告知维纳辛甘,大部分实习生来自名牌高校,希望他加倍努力。这让维纳辛甘既兴奋,又感到压力巨大——《莫比玛》周报是众多大四新闻专业大学生梦寐以求的工作单位,别说是他这样一位普通大学的学生了,就是名牌大学的学生想脱颖而出也很难。然而,这是个千载难逢的好机会,维纳辛甘下定决心奋力一搏。

在《莫比玛》周报一位记者老师的引导下,维纳辛甘每天投入实习工作中。寻找采访线索,构思选题,奔赴现场采访,撰写新闻稿件,维纳辛甘忙得不可开交，每天早早开始工作，经常加班，有时会工作到很晚。几个月以来，维纳辛甘在每周的实习生考核中总是名列前茅，虽说如此，但他心里还是没底，因为最终被录取者只有一名。

6月的一天晚上，因为工作的缘故，维纳辛甘很晚才回到公寓。因为白天没有时间阅读最新出版的《莫比玛》周报，维纳辛甘顾不上休息，就从包里将之掏出津津有味地读了起来。读着读着，几只蚊子飞来，维纳辛甘的手臂上被叮了几个包，他感到奇痒难耐，就去拿驱蚊剂喷。可维纳辛甘突然想起来，驱蚊剂昨晚已经用完了，还没买新的，而此时已是深夜，公寓附近的超市已关门了。

维纳辛甘只好用苍蝇拍打蚊子，忙了好一会儿才将它们消灭。这件事突然使维纳辛甘联想到：斯里兰卡接近赤道，其气候属于热带季风性气候，终年高温。这给致死率极高的登革热病毒提供了传播温床，每年，都有不少人因感染登革热病毒死亡。政府当局为了维护环境卫生，颁布了法律，驱蚊不力者将会受到法律的惩罚。维纳辛甘进一步联想到：如果报纸的油墨中添加驱蚊成分，那读者在读报时蚊子就不敢靠近了。这样一来，报纸不仅可以报道新闻，而且可以为国家环境卫生的维护做出实际的贡献。

那么，该添加什么成分呢？维纳辛甘查阅资料后得知，天然的香茅精被广泛用于各种驱蚊产品。维纳辛甘认为，可以将之融到报纸的油墨里，这样一来，报纸就可以驱蚊了。维纳辛甘拿定了主意，连夜撰写了自己的创意方案。第二天，维纳辛甘将自己的想法告诉了自己的指导编辑，并将创意方案递交给他。维纳辛甘的创意令他十分惊喜，他连连称道。后来，这份创意方案被层层递交到报社社长手里，社长看到后高度重视，与印刷部门的负责人开会研究后认为此方案完全可行，于是就让印刷部负责执行了。

几天后的一天早晨，具备驱蚊功能的《莫比玛》周报投放市场，在头版头条报道了《莫比玛》周报变身为驱蚊报的消息，很快就被抢购一空，很多读者为抢不到报纸而遗憾不已。在这一天，《莫比玛》周报的发行量猛增 30 万份，之后的几天，又递增了几万份，而后大致维持在 140 万份左右。

维纳辛甘因为这份创造性提议获得了《莫比玛》周报领导的高度评价，在一批不少来自知名高校的实习中脱颖而出，成为《莫比玛》周报几年以来唯一招聘的记者。

很多平常事物，让我们司空见惯，却蕴藏着创新的空间，而这，正是很容易被忽略的地方。

只播鸟叫的电台

在英国,尽管电视和网络十分发达,还是有不少人平时爱听广播。这是因为,广播有自身特有的优点,听时只需使用耳朵,可以把眼睛和手解放出来,并且相对于盯着电视屏幕和电脑屏幕看而言,更容易让人放松,引发人们的想象。

在各种各样的广播公司中,英国广播公司(BBC)一家独大,拥有过半的听众,其过度扩张使众多商业广播电台尤其是一些小型商业电台经营状况恶化。

在这样的背景下,一家专门播放各类鸟叫声的电台在英国火了。这家电台名为"百鸟之声"电台,是由原来的一家音乐电台改版而成的。

10年前,"百鸟之声"电台现任台长道格拉斯辞去了BBC音乐频道一档节目的主持人,在伦敦创办了一家面向英国专门播放各类音乐的电台。道格拉斯亲自担任主打节目的主持人,凭着他之前在BBC积累的超高人气,加之营销、管理、运营得当,电台收听率直线上升,电台迅速跃升为人气音乐电台。名气更大了,挣的钱比以往多很多,道格拉斯一边享受着成功的喜悦，一边不断提升电台的节目质量。

然而，好景不长，几年后，随着BBC的扩张，更多音乐电台和音乐节目陆续推出，听众、广告客户以及活动赞助商选择余地更大，道格拉斯的音乐电台的收听率在缓慢下跌，电台的收益逐年递减。又过了几年，道格拉斯的音乐电台已开始亏损。为了扭转局面，道格拉斯也想了不少办法，可一直也没什么成效。

2014年年初，电台已举步维艰，到了倒闭的边缘。道格拉斯很不甘心，希望能推出非常举措，扭转电台的命运。

4月的一天，正在因电台命运而愁肠百结的道格拉斯接到了妻子的电话，当时妻子正在亚马孙热带雨林旅游，伴着轻微的各类婉转的叽叽喳喳的鸟叫声，她在电话里兴奋地对丈夫说："亲爱的，我正在亚马孙热带雨林，据导游说，这里有世界上五分之一的鸟类。我知道现在电台的命运让你很犯愁，听听这里的鸟叫声，放松下心情吧！"接着，鸟叫声顿时大了起来，犹如大自然的交响乐一般，让道格拉斯心旷神怡，暂时忘却了烦恼。

妻子挂断电话，来自异国他乡的各类鸟叫声让道格拉斯内心久久不能平静，他突然想到：每天无论多么忙碌，也应该找时间专门倾听来自大自然的声音，从而让自己活得宁静与祥和。可在大城市里的人们平时听到鸟叫的机会并不多，并且即便能听到，听到的鸟叫种类也是有限的。既然如此，何不把我的音乐电台改成专门播放世界各地各类鸟叫声的电台呢？

拿定了主意，道格拉斯与电台的骨干团队制订了改版方案，而后，工作人员带着世界上最先进的录音设备奔赴世界各地录制各类鸟儿的鸟叫声。

6月初，道格拉斯的电台改版为"百鸟之声"电台。听众打开收音机，无意间发现一个只播放鸟叫的电台，就饶有兴趣地听起来。各类天籁之音让听众沉醉,"百鸟之声"电台的听众越来越多,人气直线飙升。

"百鸟之声"电台的出现在英国一知名论坛的"英国问题"板块上引发了网友的热烈讨论。另一位爱鸟的专业人士则说:"短短半小时就分辨出12种不同鸟类的歌声。"有网友在网上评论道:"'百鸟之声'电台的节目就像自然之手抚慰着我的心灵!"还有位网友说:"无意中收听到这个电台,竟然无法停止地收听了1个小时!"

商家纷纷联系"百鸟之声"电台投放广告、赞助活动,为了防止听众厌烦,道格拉斯严格控制广告时间,尽管如此,电台的收益还是非常可观,因为人气旺,广告费自然不菲。

提到创新,很多人以为是很难的一件事。其实,有时创新并不复杂,只需你把一些资源巧妙地整合在一起而已。

经营有缺陷的酒店

20世纪70年代初,在阿姆斯特丹市中心的教堂街,汉斯·布林克尔经济酒店开始营业。尽管地理位置优越,比邻繁华的莱登广场,四周遍布餐馆、酒吧、咖啡店等场所,但是这家酒店经营了很多年仍不见起色。20世纪90年代末,当现任老板罗伯·朋瑞斯接手时,这家酒店已破败不堪,还常常接到旅客的投诉。朋瑞斯打算把这家酒店改造一新后再营业。

朋瑞斯的好友埃里克·科塞尔斯是一家广告公司的创意总监,曾多次在广告创意大赛中获奖。在汉斯·布林克尔经济酒店改造工程启动前的一天晚上,朋瑞斯应邀参加科塞尔斯组织的聚会。在交谈时,朋瑞斯向科塞尔斯透露了接手和改造汉斯·布林克尔经济酒店的事,还请科塞尔斯在酒店改造好后帮忙做宣传。可科塞尔斯却劝朋瑞斯:"即使酒店环境大幅度改善,也不会增加多少竞争力,因为附近已有很多比较知名的经济型酒店。你先别着急,我去了解下酒店的情况后再做打算。"朋瑞斯欣然同意。

科塞尔斯跟随朋瑞斯参观过汉斯·布林克尔经济酒店后，大吃一惊：酒店内脏乱不堪，化纤地毯残破，上面躺着烟头，各种设施的摆放毫无秩序可言；客房内设施很少，连洗手池、浴盆、独立卫生间等基本设施都没有，配置的设施也都是老旧的；床位是双层铁床，旁边摆着简易橱柜。

这里几乎没有什么足以配得上"酒店"这两个字的，不过科塞尔斯发现没有工作人员对这里的情况遮遮掩掩，这种诚实激发了他的灵感。科塞尔斯对朋瑞斯说："我想你没必要对酒店的环境进行改善了，干脆将它打造成'世界最糟酒店'得了。"朋瑞斯一头雾水："你是在开玩笑吧？谁愿意花钱买罪受呢？"科塞尔斯微笑着解释道："一般情况下，旅客当然希望享受到舒适的服务，但是你不要忘了他们的好奇心也等着我们去满足。他们不仅会对世界顶级酒店产生想象，还会对'世界最糟酒店'产生浓厚兴趣。一般旅客难以体验到世界顶级酒店的服务，却可以通过入住'世界最糟酒店'满足其好奇心。"朋瑞斯茅塞顿开，欣然采纳了科塞尔斯的建议，按照他的要求将酒店环境变得更糟。

为给"世界最糟酒店"招揽客源，科塞尔斯陆续推出一系列广告，这些广告都在告诉人们，汉斯·布林克尔经济酒店是"世界最糟酒店"，任何不必要的设施、用品在这里都难觅踪影。这批广告被贴在电车上，每天在阿姆斯特丹市的大街上"招摇过市"。

一则广告中对"不必要"的界定让人抓狂——连毛巾、拖鞋等基本用品都被认为是不必要的。一则广告大打环保牌：比如，电梯破旧却没有更换成新电梯，被说成是"为了让客人走'环保电梯'——楼梯上楼"；不提供热水，被说成是"旨在减少用水"；鼓励住客用窗帘擦身，被说成是"以减少毛巾使用率和清洗次数"。这样做的最终目的被说成是"拯救地球"。还有一则广告用断了齿的餐叉、掉了把的水杯、三条腿的椅子等图片来说明酒店的糟糕程度。最夸张的一则广告由"住客"脸部的两张特写照片组成，照片上分别注明"入住之前"和"退房之后"，以此暗示在"世界最糟酒店"入住一晚的后果：眼睛变得肿胀、面容变得枯槁。

这些看似赤裸裸地标榜"世界最糟"的广告非但没把客人吓跑，反而激发了人们的好奇心，人们纷纷入住这家酒店，想亲自看看"世界最糟酒店"到底能差到哪儿去。这不仅很快让汉斯·布林克尔经济酒店彻底扭转了长期低迷的经营状况，还让它成为写进阿姆斯特丹旅游手册里的"著名景点"。

为了取得成功，想方设法消除缺陷，创造各种优越条件原本无可厚非，但有时因为各种客观条件的制约，并不能取得预期效果。在这种情况下，若能反向思考，对缺陷巧妙地加以利用，或许就可以将缺陷转化为优势，变被动为主动。

红牛公司甘做"冤大头"

2014年10月,著名功能性饮料制造商红牛公司在美国纽约因"红牛给你双翅膀"这句广告语惹上麻烦——有人状告红牛公司称,他饮用多年红牛却未长出翅膀,所以要替所有饮用过红牛的消费者讨回公道。这句广告语明显是一种比喻性的说法,本身并没有什么问题,然而令人意想不到的是,红牛公司却甘愿支付高达1300万美元的索赔。

本杰明·卡瑞瑟斯是纽约一家律师事务所的律师,2014年9月才参加工作,他心浮气躁,急于出名,于是苦思冥想出名的捷径。一天晚上,本杰明在家里看电视时,看到了红牛公司的广告,广告语为"红牛给你双翅膀"。本杰明由此打起了歪主意:以喝红牛没长出翅膀为由状告红牛公司并代表消费者向其索赔,这样无论输赢他都会引起公众的关注。即便败诉,按照美国法律而言,他也没什么风险,毕竟喝红牛不能长出翅膀是事实。

于是,2014年10月初,本杰明一纸诉状将红牛美国公司告上法庭。这一事件经媒体纰漏后,美国公众普遍认为本杰明是无理取闹,肯定会败诉。

红牛美国公司接到法院传票后，总裁艾伯特意识到这是一起恶作剧，就让红牛美国公司的法律顾问做好应诉准备。

当天晚上，艾伯特要宴请一位来访的朋友哈里森，此人是一位资深营销专家。他们乘轿车路过纽约时代广场时，红牛公司巨大的广告牌映入他们的视线，"红牛给你双翅膀"这句广告语显得格外醒目。哈里森指着广告牌对艾伯特说："这句广告语太棒了！"艾伯特苦笑一下，把这句广告语惹上官司以及正准备应诉之事告诉了他。哈里森颇有意味地笑了下，话里有话地说："不必苦恼，你们的机会来了！"这令艾伯特深感意外："为何如此说呢？"哈里森说："其实有时巧妙地参与法律诉讼也可以取得意想不到的品牌宣传效果，你们完全没必要去应诉，直接和原告和解，同意赔偿得了。"艾伯特更疑惑了，哈里森接着解释："你们打赢官司，本杰明打输官司，并不稀奇，因为本杰明明显是为了出风头而故意找你们麻烦的。但如果你们承认自己输了，并且愿意给消费者赔偿，那这才新鲜有趣呢！这将产生巨大的广告效应！"艾伯特这才开窍了，但还是不无担心地说："不是所有的消费者购买后都能留下购买的票据，如何确定究竟哪些人是真正饮用过红牛的人呢？如果索赔的人过多怎么办呢？"哈里森摆摆手说："完全不必较真儿，是否真正饮用过红牛并不重要，因为无论是谁申请都可以起到宣传红牛的目的。至于赔偿金额，你们设定下上限就可以了。"艾伯特这才恍然大悟，向他竖起了大拇指。

第二天，艾伯特找到红牛美国公司策划总监米奇，将哈里森的创意和盘托出，让他据此做一份品牌宣传方案。米奇接到这个任务后无比兴奋，迅速召集得力干将投入工作中。

几天后，米奇的团队做出了品牌宣传方案：2002年1月1日至2014年10月3日期间在美国购买过红牛饮料的人皆可登录红牛美国公司的官方网站申请赔偿，赔偿总计1300万美元，每人得到的赔偿金按申请赔偿的总人数计算，申请截止日期为2015年3月2日。而后，艾伯特派人与本杰明沟通，请求进行庭外和解，本杰明当然是见好就收，因为以这种离奇的方式收场总比自己灰头土脸地面对失败更好。于是，策划方案在媒体的配合下开始执行。

结果，从10月8日开始，网站访问量暴增，短短几天时间，访问量就增加了4600万人次……当然申请者中不少是冒牌者。除此之外，这一新鲜事经媒体传播后也在世界各地引起了众多消费者的兴趣。这两种情况，在广告学上都被认为是极大地增加了消费者的认知。

红牛公司请专业人士仅对短短几天时间的宣传效果进行了评估，这次策划活动取得的品牌宣传效果比花费1600万美元在纽约时代广场做一年广告的效果还要好很多。

面对麻烦，一般而言，人们唯恐避之而不及，但其实若能够换一种角度去审视和利用，说不定可以将麻烦变成有利因素。

第四辑　允许"叛徒"反悔

对"大事"视而不见的宰相

邴吉是汉宣帝时期的名相,在位时,经常上街体察民情。

有一次,邴吉带着一帮随从来到闹市巡视。一个生意人和一个买主因为发生了口角,一怒之下打了起来。生意人的家人以及与买主同行的朋友也参与到打斗中来。双方赤手空拳地打了起来,打得不可开交,不少人围上来看热闹。而当邴吉路从这里过时,对这一情况视而不见,头也不抬就路过了。

走了不远,邴吉看到一头拉车的牛吐着舌头喘着粗气,就叫住车夫,边查看牛的身体,边问车夫一些牛的情况。

有位随从对于主人的做法大感不解,就问邴吉:"一群人打架这样的大事您不去过问,却对一头出现了异样的牛这样关注,这是为何?"邴吉回答:"一群人打架那件事表面上很大,但自会有巡城的人去处理,不会产生太大的危害。而牛出现异常这样的事表面上很小,但却往往预示着潜伏在其背后的大问题,牛吐着舌头喘着粗气说明牛生病了,这可能意味着一场大的瘟疫即将到来;也可能代表它感知到了未来将要出现的天气——今年可能会出现大旱,若果真如此,粮食会因此减产甚至绝收。你说,一群人打架和瘟疫肆虐、粮食减产绝收,哪个才是更重要的事呢?"

很多事表面上看起来很重要,实则本不重要,而很多表面上看起来很小的事却是大事。作为一名领导者,因为精力有限,不可能事无巨细都要过问,只有透过表象,区分好什么是大事和小事,才能正确分配好精力。

鉴宝高招

纽约古根汉美术馆馆藏丰富，其中不乏大师的杰作。

20世纪70年代，美术馆收藏了一幅可能为法国机械审美绘画大师费尔南·莱热于1913年至1914年创作的作品。艺术界顶级鉴定专家和研究员对此画的真假争议很大，从此以后，许多专家和研究员希望确定此画的真假，然而苦于证据不足一直未能下结论。

2014年1月的一天，美术馆迎来了包括馆长朋友在内的一批参观者，馆长亲自为这些参观者解说。走到那幅充满争议的作品前，馆长向大家介绍了莱热以及这幅作品，也向这些参观者诉说了他的困惑和无奈。

加利福尼亚大学的核物理学家尼科拉斯沉思片刻对馆长说："让我试着鉴定一下吧！"馆长和其他人一脸困惑。"既然莱热是1955年去世的，那我就采用'核弹高峰'曲线的碳14测年法来判定此画的创作时间是否是1955年之前的，若不是此画就肯定是伪作。"尼科拉斯笑着解释说，"所谓'核弹高峰'是指，在1947年至1991年之间许多国家进行大量核子试爆，使大气中的放射性碳量增高，于20世纪60年代中期达到高峰，之后下降。地球上所有有机体的放射性碳含量也会相应变化，包括用于制作画布的棉和麻。"馆长认为尼科拉斯的想法可行，就同意了。

很快，馆长就接到了尼科拉斯的电话，对方告诉他，经过检测那幅画作中的放射性碳是1955年以后的，因而可以断定此画系伪作。馆长遂让工作人员将那幅画撤出展厅。

解决一个难题，当你正面解决迟迟不能成功时，不妨考虑从侧面入手！

"私心"带来积极结果

许多年前，美国一家大型装修公司的管理层在管理中碰到了一个头疼的问题：公司原本配备了充足的工具，但是没过多长时间，由于丢失或损坏就不够用了，以至于不得不临时购置新工具，这既耽误了施工进度，也让公司遭受了巨大的损失。

工具丢失往往是因为员工在离开工作现场时由于粗心给落下了，而损坏很多时候是因为员工没有按照规范的流程来操作，说到底都是员工责任心缺失所致。

公司的管理者希望通过严格的监督程序来端正员工的态度，曾尝试过很多办法来解决这个问题，包括采取工具借用登记、检查和维修等制度。可是每次总是没什么明显的效果，还浪费了不少人力、物力，以至于不了了之。

后来，这家装修公司原来的CEO在一天夜里加班时因突发心脏病去世，另一家大型装修公司的高管卢卡斯跳槽过来接任CEO。卢卡斯了解到这个棘手的问题后，进行了深入的分析和研究。卢卡斯仔细分析后认为，单纯依靠员工自觉很难解决问题，要解决问题就要把工具与他们的切身利益紧密地捆绑在一起。

在卢卡斯的倡议下，这家公司采取了一套新的工具管理制度：工具由公司和员工共同购买，各分担一半的费用，但工具的所有权归员工所有，而公司还会每天对员工进行一定的补贴，补贴直到与员工购买工具所花的钱持平为止。

新的制度施行后取得了立竿见影的效果，工具丢失和损坏的情况得到了根本的改善。

人的"私心"并非总是带来坏的影响，若能够对其巧妙地加以利用，就可以产生积极的结果。

美酒战胜圣旨

公元771年,查理曼开始统治法兰克王国。从此,查理曼大帝积极对外扩张。三年后,法兰克王国将意大利北部的伦巴德王国纳入其版图。

战胜伦巴德王国的是法兰克王国最为重要的一支精锐部队。查理曼大帝十分看重这支部队,下令这支部队到博讷驻扎,以休养生息。查理曼大帝计划几年后,集中全国优势兵力进攻西班牙,希望届时这支部队能发挥重要作用。

查理曼大帝之所以将博讷选为这支部队的驻扎地,是因为这里气候宜人、土壤肥沃。当这支精锐部队携带着优质的葡萄种子抵达博讷后,发现这里特别适合种植葡萄,于是就边和当地的农民一起种植葡萄边操练。

葡萄收获后,将士们将之酿成了葡萄酒,品尝后,他们喜出望外——这种葡萄酒太好喝了,他们从未喝过。

几年以后,进攻西班牙的时候到了,查理曼大帝以为这支部队已经休养得更加英勇善战了,就下令这支部队开赴战场。然而,接到这个命令后，这支部队中将近一半的人，其中不乏一些优秀的将领，实在太留恋这里的葡萄酿成的美酒了，担心上了战场就再也品尝不到这些美酒了，所以宁可在这里做酒农也不愿意去打仗了。任凭特使如何劝说，这些将士也不为所动。查理曼大帝得知这种情况后火冒三丈，有大臣上奏查理曼大帝剿杀这些将士，可他于心不忍。

后来，法兰克王国与西班牙交战惨败，与这支精锐部队力量的削弱有很大关系。因此，查理曼大帝颁布法令，禁止军队经过博讷。

有时候，某种很有利的条件会对结果产生致命的影响，在做决定之前，一定得综合权衡。

超值的代金券

许多年前的一天,股神沃伦·巴菲特和儿子霍华德一起来到纽约曼哈顿区一家有名的西餐厅吃饭。他们打算午饭后乘飞机返回公司总部。

结账时,收银员递给霍华德一张价值 100 美元的代金券,告诉他下次来消费时只要金额超过 400 美元就可以使用。霍华德发现代金券的有效期只剩下一周了,而按照他和父亲的日程安排,一周之内是不会再回纽约了,于是,便叹息地说:"哎,我们是用不着了,还是扔掉算了。"说着,霍华德朝一旁的垃圾箱走去。

沃伦急忙将儿子叫住,并嗔怪道:"你打算把财富白白丢掉吗?"霍华德被问得一头雾水:"父亲,您为何如此说呢?我们就要回总部了,一周内也不会回来,留着它有什么用呢?"沃伦反问道:"我们用不着,其他顾客就用不着了吗?"霍华德顿时明白了父亲的意思。

沃伦让霍华德跟着他,接连走到 3 家饭桌旁,并询问他们的消费金额是多少,他们看到是股神,既惊喜又感到困惑,但明白既然股神询问自有他的用意,于是就让服务员重新拿菜单核实价格,可金额都没有超过 400 美元的。沃伦问过第四桌负责埋单之人后才被告知金额超过了 400 美元。沃伦对他说："我手上有张 100 美元的代金券，可以以 50 美元的低价转给你，可以吗？"出 50 美元可以省下 100 美元，这样一笔账，何乐而不为呢？对方于是欣然应允。

巴菲特的做法让一旁的儿子目瞪口呆。在去机场的路上，沃伦对霍华德说："很多宝贵的资源表面上看起来毫无价值，以至于被白白浪费掉了。其实，只要放对了地方，它们就能发挥出应有的作用。"

旅店帝王的算盘

康拉德·希尔顿是希尔顿酒店的创始人，被誉为旅店帝王。

20世纪60年代，有一次，希尔顿前往伦敦的一家分店视察业务。希尔顿刚走进酒店的大厅，就听见一名年轻男子怒气冲冲地叫嚣起来："我的车停在你们酒店的门口，上面的雨刷不见了，是谁拔掉的？"无人回应，他叫嚣得更加厉害了。

希尔顿问这名男子："您的雨刷值多少钱？"这名男子回答："少说也得6英镑。"希尔顿让人把酒店经理叫了过来，向他介绍了那名男子丢失雨刷的情况之后对他说："去让出纳为这位先生开张6英镑的支票吧！"经理感到很疑惑：谁知道究竟是谁拔掉的呢？干吗要给他钱？但不敢违抗老板的命令，就照做了。那名男子接到经理递过来的钱后，万分激动。

那名男子离去后，经理向希尔顿说出了自己的困惑。希尔顿严肃地说："他的车是不是停在了我们的门口？我们的安保人员是不是存在疏忽？再说，你能完全排除不是我们的客人或工作人员拔的吗？如果我们置之不理，这个人对我们会是什么印象？他还会再光顾我们的店吗？他今后在我们的酒店入住一晚或吃上一顿饭，难道我们还赚不回一个雨刷的钱吗？将来，他的女儿还可能在我们店举行婚礼，那样，我们赚的钱该值多少个雨刷啊？"此番话让这位经理醍醐灌顶。

事实证明，希尔顿的做法十分明智。后来，那名男子成为希尔顿酒店的忠实客户，出差时，只要当地有希尔顿酒店，就会选择入住。

有时候，当与别人发生较小的利益冲突时，不去计较是非，甘愿吃小亏，反而可以赢得比损失多得多的实惠。

故意给乘客找"麻烦"

乔治·布什洲际机场是美国休斯敦三大机场之一，几年前，乘客由于取行李时等待时间过长，感到痛苦和焦虑，以至于怨声载道、投诉不断。

为了减少等待时间，这家机场增派了更多的行李员，将乘客等待的时间大幅度缩短至 8 分钟。机场的管理者们原本以为这样就可以有效平复乘客的情绪，可是结果事与愿违，乘客的抱怨并未减少。这令他们十分意外和纳闷，他们在一起开会研究多次也没能解释清原因，也未能研究出解决问题的办法。

后来，管理者只好向美国著名管理学家斯蒂芬·P. 罗宾斯求助。罗宾斯调查后分析认为，乘客取行李时的等待时间主要是由两部分组成的——一部分是走到行李处的时间，另一部分是取包的时间，前者需要大约 1 分钟，而后者却需要大约 7 分钟，也就是说乘客的时间主要花在了无所事事的等待行李上。

罗宾斯据此提出了一个解决之道：拉远出口距行李处的距离，再将乘客的行李包按另外一种特定的路线送达行李处。这样一来，虽然会使乘客比之前的 1 分钟多走大约 5 分钟的路程去取行李，但是乘客走到行李出口处后，却能在等待大约 2 分钟后拿到自己的行李。

新方法施行后取得了立竿见影的效果，很少再有乘客因为取行李时等待时间过长而投诉了。其实新方法基本上未减少等待的总时间，只是将走到行李处的时间和取行李的时间进行了重新调整而已。但这样一来，取行李的时间大多花在了走路上，而走路与无所事事相比，时间更好打发。

与其让顾客无所事事地等待，不如故意给顾客找下"麻烦"，缩短其心理等待时间。

无异议不决策

艾弗烈·史隆是美国通用汽车公司有史以来最杰出的领导者,被誉为"伟大的决策家"。史隆的成功与他在管理中坚守的一些决策原则密不可分,其中最重要的一条就是"无异议不决策"。

1923年,史隆出任通用汽车公司的董事长,此时这家公司还只是一家小型的汽车制造公司。史隆希望将通用汽车公司打造成世界一流的汽车公司,他对公司的现状仔细分析后意识到,要实现这个目标就得对公司的发展战略进行重大调整。于是史隆深思熟虑后做了一项重大战略规划。

为了征求大家对这项规划的意见,史隆召集董事会成员开会。令史隆喜出望外的是,这项规划获得了与会人员的一致赞同。于是史隆毫不犹豫地批准了此项规划。

通用汽车公司在此项规划的指导下开始采取全新的运营模式,然而,随着时间的推移,通用汽车公司非但没能逐渐发展壮大,反而陷入泥潭,且越陷越深。

史隆反思后发现，他当时所做的战略规划尽管表面上看起来很完美，但是他在制定时却没有预见到汽车行业未来发展过程中出现的一些问题，而当他向董事会成员征求意见时，也没有任何人提到这些问题。

史隆由此进一步联想到：这个世界上没有十全十美的决策，如果做出的决策无任何人有异议就非常危险。只有综合权衡利弊后做出的决策才能将风险控制到最小，而这就需要倾听正反两方面的意见。

此后，史隆始终坚持"无异议不决策"的原则。也正是在这条原则的坚守下，史隆作出了许多重大而又正确的决策，使美国通用汽车公司成为全球汽车工业龙头。

马云三减风投资金

1999年，阿里巴巴还只是一家名不见经传的小型网络公司，但发展势头迅猛。马云意识到，要使阿里巴巴做大做强，就要有雄厚的资本作支撑。于是，马云四处与投资公司洽谈合作。

软件银行集团是一家资本雄厚的公司，其中一项主要业务就是风投。2000年1月，在朋友的引荐下，马云见到了软件银行集团总裁孙正义。在谈了几分钟后，孙正义就认定阿里巴巴前途无量，于是很爽快地答应给阿里巴巴投4000万美元。

马云对孙正义的大手笔又惊又喜，但很快就冷静下来，他经过短暂思考后认为4000万美元太多了。孙正义就将风投资金减少到3500万美元，马云还是认为过多，孙正义又将风投资金减少到3000万美元。可马云仍未当即接受，而是说等回去仔细考虑考虑再作答复。

临走时，孙正义握着马云的手，开玩笑说："我已两次主动减少了投资金额，你仍不同意。在你之前，不少和我谈投资的人，都是嫌我投资少让我增加，而你却嫌钱多'烧手'！"

三天以后，马云再见孙正义，告诉他 3000 万美元也多了，只要 2000 万美元就行，如果不行的话就不能合作了。孙正义接受了马云的提议，就这样，软件银行集团成为阿里巴巴的大股东之一。

当很多人得知马云三次主动减少风投资金一事后，都认为他傻，放着到手的钱不要。可当 2006 年阿里巴巴在香港上市时，这些人才恍然大悟，对于马云当年的决定心服口服——投资方投入的钱越多，所占公司股份就越大。正因为马云当年的理性和坚持，他才牢牢地将阿里巴巴掌控在自己手中。

在与人合作时，并非对方对你的支持力度越大越好，因为"天下没有免费的午餐"，别人对你支持的力度越大，将来你要回报给对方的就越多，受到对方的牵制也越大。唯有冷静对待对方的支持，把握好分寸，方能在合作中占据主动。

画圈培训

有一年，丰田公司和印度一家汽车公司联合成立了一家大型的合资企业，这家合资企业新上任的 CEO 被邀请前往丰田公司总部进行培训。这位 CEO 为自己得到前往日本名企培训的机会感到高兴，他在脑海里浮现着接受丰田公司高管们培训的场景，甚至还幻想着能够接受丰田公司总裁丰田章男的亲自培训。

然而，当来到丰田公司总部后，令他意想不到的是，他被丰田公司的行政人员告知，负责对他进行培训的是从事工厂一线工作的一位监管。他心理非常不快，感觉丰田公司对他极不尊重。

更令他诧异的是，那位工厂监管并没有带他去教室，而是将他领进了汽车零部件的生产车间。监管在厂房的地面上用粉笔画了个圆圈，并且告诉他，在 1 个小时内，站在圆圈里不准动，要好好观察现场情况。

可怜的 CEO 就这样站在了圆圈里，观察工人们的工作。生产线上缓缓地输送着汽车零部件，工人们过一会儿就会重复一遍相同的动作。看着单调重复的工作场景，没过多长时间，他就厌倦了，并且非常生气。

1小时以后，工厂监管人员将他带到一个房间，接见他的是丰田公司总裁丰田章南。丰田章男微笑着问了他两个问题："你刚才发现工人们在工作时遇到什么问题了吗？整个厂房里出现什么异常情况没有？"这两个听起来比较简单的问题让他无法回答，因为他站在圆圈里的时候，根本就没有注意这些问题。丰田章南看他答不上来，就拍拍他的肩膀，和蔼地说："很多管理者都会犯和你类似的错误，习惯了通过下属汇报工作掌握企业的运行情况。而丰田公司的管理者，每天都要拿出一定时间亲临现场，了解存在的问题，并根据实际情况制订解决方案，这正是丰田公司成为世界一流公司的重要原因。"

丰田章南的一席话令这位CEO茅塞顿开，他激动地说："我曾经上过很多次培训课，但此次在丰田公司上的培训课是最好的！"

将天才租出去

在 1900 年的巴黎车展上，保时捷跑车凭着卓越的产品性能一举成名，从此以后，保时捷公司步入了飞速发展的轨道。1929 年 10 月 24 日，美国华尔街股市突然崩盘，全球经济急转直下，步入大萧条时期。这无疑给正处于成长阶段的保时捷公司蒙上了一层厚重的阴影。

为了应对经济危机，起初保时捷公司只采取了减产和优化产品的措施，并未进行裁员。后来，随着经济危机加剧，保时捷公司在是否裁员的问题上陷入了两难的境地——保时捷公司之所以能成为世界上一流的车企，在很大程度上源于这里汇聚了当时世界一流的汽车制造方面的天才工程师，如果将这些天才工程师解雇的话，将给公司带来难以挽回的巨大损失。但是在全球经济低迷的情况下，如果不裁员，巨额的人力成本可能将企业拖垮。在是否裁员的问题上，保时捷公司总经理费迪南德·波尔舍一时拿不定主意，他召集管理人员开了多次会议，一直没有讨论出什么好的解决方案。

有一天，波尔舍应邀参加一位圈内好友的生日晚宴。在这次宴会上，波尔舍对这位好友说出了自己有关裁员的困惑，他的好友诚恳地说："对于我的公司而言，当下最突出的问题是极度缺乏进行产品改进的顶尖人才。如果你们真要裁员的话，我倒是愿意接纳几个。"朋友的这番话使波尔舍眼前一亮。

几天后，保时捷公司召开了新闻发布会。波尔舍宣布，保时捷公司将开展租赁业务，只是他们要租赁的不是保时捷高速跑车，而是其他汽车制造商梦寐以求的天才工程师。这一消息经过媒体披露后，迅速在德国引起轰动，各类中小型汽车制造商纷纷找上门来洽谈业务。很快，保时捷公司三分之一的工程师被租出去，这些人为保时捷公司带来的利润回报跟销售汽车一样高。就这样，保时捷公司通过租赁天才工程师的业务，既避免了裁减顶尖技术人员带来的巨大损失，又确保了自身的经济效益，从而成功地度过了危机。

有时，两难的境地并不可怕，怕的是以一种僵化的方式去应对。或许，换一个角度去思考，难题就可以迎刃而解。

研制一种赔本的药

20世纪70年代初,德国一家药企的研究员威廉·坎贝尔博士受邀,随联合国医疗救助小组来到西非进行调查,他和同行们发现,在西非多个国家有几千万人染上河盲症,这种病引发的失明和瘙痒症使患者遭受着极大痛苦,有人甚至因此自杀。遗憾的是,当时没有药物能够治疗这种病。

1978年的一个傍晚,坎贝尔正在试验一种杀死动物寄生虫的药,他对着一组数据陷入了沉思,突然想到这种药可以衍生出一种治疗河盲症的特效药,他为自己的发现兴奋不已。出于科学家的责任感,他没经过太多考虑,就向公司CEO提交了研发这种药的申请。

这家公司的管理层很快意识到一个问题:坎贝尔申请研制的新药需要耗费巨资不说,关键是根本没有市场,因为那些患者属于非洲地区的赤贫人口,根本无力支付昂贵的药费。况且,当时这家公司陷入危机,若批准研发会令公司雪上加霜,但如果不研发的话有违人道主义精神。

管理层围绕着是否研发的问题展开了激烈讨论,一些人认为,公司生产药品的目的是赚钱，他们公司没有义务研制只会让公司赔钱的药。可公司的CEO慷慨激昂地说："我们永远不要忘记，生产药品的首要目的是救死扶伤，让人们的生活更美好，而不是赚钱。当你想象一下那些患上河盲症的孩子的母亲眼睁睁看着自己的孩子遭受痛苦却无能为力，你们还认为应该将经济利益放在首位吗？当然，如果放弃了药品的研发，尽管没有人有权责备我们，但恐怕上帝不会原谅的！"CEO的一席话点醒了那些反对者们。就这样，这家公司批准了上亿美元的预算，着手研发治疗河盲症的特效药。

经过9年的科研攻关，这家公司终于研制出治疗河盲症的药——异凡曼霉素，并常年向非洲患者免费提供，给无数河盲症患者送去福音。

尽管这家公司在相当长一段时间内遭受了巨大损失，但令这家公司的管理者们惊喜的是，无私的举动为它赢得了极高的知名度和美誉度，吸引了大量的全球顶尖科学家前去工作。这些新加盟的科学精英研制出大量好药，使得财富源源不断地涌入这家公司，其创造的价值已远远超过曾经的损失。这家公司就是德国制药企业巨头默克公司。

将奉献社会作为核心使命，为了公众的幸福甘愿牺牲自身的经济利益，这正是默克公司发展壮大的关键所在。

甘愿掉进"陷阱"

1998年,刚从斯坦福大学毕业的佩奇和布林共同发明了一种新型互联网搜索技术,他们四处寻求投资,好不容易获得了与太阳计算机系统有限公司联合创始人贝克托斯海姆见面的机会。当他们短暂演示后,贝克托斯海姆立即断定,这是一项市场前景十分广阔的新技术,将给社会带来巨大改变,于是当面签了巨额支票支持他们创业。

9月上旬,佩奇和布林在美国加利福尼亚州的门洛帕克正式创建了谷歌。当时的谷歌方兴未艾,还只是一家名不见经传的小型创业公司,而组建一支富有创造力的技术团队就成了它发展壮大的关键所在。

起初,谷歌通过报纸、网站发布招聘信息,有些看好谷歌发展前景的有志之士前来应聘,其中一部分人进入了试用期。可一段时间以后,佩奇和布林觉得,尽管这些人网络技术一流,但大部分缺少了些创造力。他们想要打造的是世界一流的互联网公司,需要的是一批具有百分百创造热情的员工,所以最终被录用者寥寥无几。招聘计划未能完成,两人为此苦恼不已,但一时也无计可施。

有一天，佩奇走在大街上，看到一个小男孩端着一瓶肥皂水兴趣盎然地吹着肥皂泡，笑得无比灿烂。这顿时给了佩奇启发："只有对所做之事无比好奇，才会全身心投入！"很快，一个新颖的招聘方法清晰地浮现在佩奇的脑海里。

不久，谷歌在斯坦福大学附近的高速公路进出口处和麻省理工学院旁边的地铁站投放了特殊的户外广告。上面写着：你能推算出 e 这个自然数里面的第一个十位数质数吗？如果能，就把那十位数加上 .com，再到那个网站去看看。

很多专业人士看到这则广告后，都认为这是商家的陷阱，对此不屑一顾，还有很多专业人士尽管对广告上的问题好奇，但是害怕上当受骗，也对此置之不理，只有少数专业人士对问题非常好奇，甘愿冒着被骗的风险去尝试解答。那些答对了上述问题的人到达网站后，又发现了几个计算机难题，之后成功过关的天才吃惊地发现，他们收到了一个有着广阔发展空间的互联网公司的面试邀请。

最终，谷歌通过这样的方式招聘到了理想的人才，他们成为谷歌早期的技术骨干，为谷歌的发展壮大奠定了坚实的基础。

对未知世界有多么好奇，那么探索和创新的动力就越大，所以明明知道尝试一件事很可能是白白浪费时间，还能饶有兴趣地去尝试的人无疑最具有创造力。

允许"叛徒"反悔

苹果公司有项充满奇趣的人力资源制度——"离岗留职":员工在辞职后的两年时间内,公司仍为其保留职位,尽管他们不会得到薪酬,但是如果后悔了当初的选择,可以随时返回苹果公司工作。返岗后,他们的职位不会受到任何影响。这项制度是由乔布斯创造的。

1998年夏天的一天中午,乔布斯和人力资源部部长盖勒一起在苹果公司的餐厅用餐。正在此时,盖勒的电话铃突然响起,来电话者是在1997年年初辞职的优秀科研人员尼万斯。他才华横溢,曾在苹果公司工作长达10年之久,当初他辞职时,盖勒和乔布斯曾百般挽留,而他仍一意孤行。尼万斯以醉酒的语气对盖勒说:"我现在十分后悔离开苹果公司。1年来,我换了两份工作,由于各种条件的制约,我的很多创意都无法付诸实践。现在我感觉很迷茫,想重返苹果公司,可以吗?"盖勒非但没有丝毫同情,反而挖苦起尼万斯来:"公司当初待你不薄,而你见利忘义,毅然离开苹果公司。你是个叛徒,现在还有脸说要回来,没门!"盖勒气冲冲地挂断电话,把尼万斯请求重返苹果公司一事向乔布斯和盘托出,还幸灾乐祸地说："这就是背叛公司的下场！"乔布斯为尼万斯的处境感到十分惋惜。

不久后，苹果公司计划进行的一项科学研究，因为缺乏领头的顶级专家不得不暂时搁浅。这样的顶级专家可遇而不可求，乔布斯为此十分苦恼。一天下午，乔布斯在整理文件时，发现了2年前尼万斯提交的一份科研报告，这份报告与搁浅的那项科学研究密切相关，这让他灵机一动："尼万斯不正是公司急需的人才吗？如果同意他重返公司，那么搁浅的研究就可以启动了！"乔布斯急忙把盖勒叫到办公室，兴奋地把自己的想法告诉了他。盖勒一头雾水，表示反对："尼万斯应该为他的'背叛'付出代价，既然离开了公司就没有资格再回来！"

乔布斯解释说："每一位员工都是公司的无价之宝，一旦被竞争对手挖走，不仅给公司造成难以估量的损失，还可能带来威胁。况且，尼万斯在其他公司的工作经历，不仅使他从侧面加深了对苹果公司的理解，还使他明白了自己真正想要做的工作。所以允许他重返公司，不仅使公司多了一位一流的科研人员，还削弱了竞争对手的力量，何乐而不为呢？"盖勒无言以对。

尼万斯怀着感激之情再次入职，比以前工作更加卖力。受此启发，乔布斯指示人力资源部门制定了"离岗留职"的制度。后来，又有许多骨干老员工在离职后的2年内返回苹果公司。

苹果公司现任CEO库克在接受美国《商业周刊》专访时说："简单地以道德的眼光去审视员工的跳槽行为，将跳槽者列入黑名单，对于员工和公司而言都没什么好处。而宽容他们，给他们返岗的机会，也就是给苹果公司机会！"

第五辑 被录取的最差者

做好人生的"小动作"

为了给观众创造良好的观影体验，功夫巨星成龙在拍戏时很少用替身。因此，成龙曾因各种各样的原因受伤。

有一次，成龙受邀参加一档观众主要为青少年的访谈节目。谈及他受伤之事时，成龙告诉大家，他全身上下伤痕累累，已经没多少好地方了。例如，1978年，拍摄电影《蛇形刁手》时一颗牙齿被踢掉；1986年，拍摄电影《龙兄虎弟》时从树上摔下，导致脑出血，左耳头骨凹陷，碎骨内移，差点儿要了命；拍摄《十二生肖》时，从半空坠落，摔到地下几分钟才缓过来，腰椎差点摔断了……台下的观众被大哥的敬业精神打动了，不约而同地鼓起掌来。

主持人问成龙："你拍戏受过这么多次伤，应该都是在做大动作或难动作时导致的吧？"

成龙没有直接回答主持人的问题，而是问台下的观众认为如何？

台下的观众齐声回答："是的！"

成龙斩钉截铁地说："不对！"主持人和观众大惑不解。主持人问成龙为何不对，他解释说："其实按照常理应该是做大动作或难动作才容易导致受伤，可我总结自己多年受伤的经历发现，往往是小动作出错导致受伤乃至受大伤，而越是做难的动作或大的动作反而不太容易出问题。因为做小动作前，我和团队工作人员认为小动作对我而言是'小菜一碟'，就麻痹大意，所以很少进行充分准备，并且我做动作时也不会太小心。反之，要做大动作或难动作前，我和团队工作人员非常重视，会进行充分准备，并且做动作时也会很谨慎，所以，反倒不容易出问题。"

主持人和台下的观众听了目瞪口呆。成龙后悔地说："遗憾的是，我明白这个道理时有些晚了，要不，我所受的伤也不会如此多，很多痛苦的煎熬也都可以避免。希望大家能够引以为戒。"

主持人感慨地说："在人生的路上，很多事看起来不大，但如果不认真对待，可能会让我们受伤乃至受致命伤。所以，无论是小事还是大事，我们都要认真去对待，如此，我们方尽可能避免受伤！"

台下爆发出经久不息的掌声。

被录取的最差者

乔·吉拉德是被吉尼斯世界大全认可的世界上最成功的推销员,他所保持的连续12年平均每天卖出6辆汽车的销售纪录至今无人能破。

然而,在35岁以前,乔·吉拉德做过洗碗、搬运、火炉装配、推销等40份工作仍一事无成。35岁时,吉拉德做生意失败,负债高达6万美元,债主们逼着他还债。为尽快还清债务,吉拉德急于找一份能拿到高薪的工作。一天,吉拉德在报纸上看到一家知名的汽车销售公司招聘几位汽车销售员,要求参加面试者至少要有3年的汽车销售经验。虽然吉拉德并不符合条件,但被逼无奈,还是下定决心前去应聘。

赶到面试地点,吉拉德发现大厅里挤满了前来面试者。吉拉德进了经理室,向负责面试的经理递交简历后,对方大致看了下就请他离开,不要浪费时间。可吉拉德不甘心,恳求对方给他个面试的机会,经理铁石心肠,坚持让他离开,吉拉德坚定地说:"我的确不符合招聘的要求,但是我可以好好向你学习,相信我,只要我努力,我一定会成为顶尖的汽车销售员!请你给我个机会,如果你发现我没有完全尽力去学去工作,随时可以把我炒掉。"经理说:"很好!回去等通知吧!"吉拉德知道回去后肯定就没机会了,就说:"经理,你弄错了,我来这里应聘就下定决心一定要被录用,如果你今天不录用我,我明天还会来找你。"经理说:"我明天也不录用你!"吉拉德说:"那我后天再来找你!"经理说:"我后天还是不录取你!"吉拉德说:"那我大后天再来找你!"如此反复多次后,经理突然说:"恭喜你!你被破格录用了!你的执着表明你是下定决心要把工作做好,而很多人找工作时,都是抱着'试试看不行就换'的心态!"

事实证明,经理的选择是正确的,吉拉德学习非常用功,在较短的时间内成功卖出第一辆汽车,拉开了他汽车销售生涯的序幕。半年后,吉拉德成为这家公司的销售冠军。此后,通过不懈努力,乔·吉拉德一次又一次创造了销售界的神话。

很多时候,我们无法获得成功,不是因为我们起点低,而是因为我们没有下定决心。

把自己变成"林肯"

1993年,电影《纯真年代》公映后,美国导演史蒂文·斯皮尔伯格发现,英国和爱尔兰双国籍电影演员丹尼尔·戴·刘易斯在这部影片中的造型与神韵与林肯比较相似,于是盛情邀请他出演传记影片《林肯》中的主角林肯。刘易斯非常喜欢这个角色,但他觉得自己当时才37岁,演56岁的林肯显然不合适,于是婉拒了斯皮尔伯格的邀请。

在此后的很多年里,斯皮尔伯格一直没有物色到出演林肯的合适演员,《林肯》的拍摄因此搁浅。2010年,斯皮尔伯格再次邀请刘易斯出演林肯,经过2天的耐心沟通,总算打动了刘易斯。不过刘易斯认真地说:"要想把林肯这一角色塑造成经典,首先要深刻体会林肯的人格特质,而单靠拍摄前或拍摄时短时间对林肯这一角色的揣摩根本无法办到。所以,我需要您给我一年时间,让我在生活中成为'林肯'。"

斯皮尔伯格劝道:"你的演技那么好,年龄和气质与所要扮演的林肯都比较接近,直接投入拍摄应该没有问题。并且我们的拍摄计划已经做好了,而你白白浪费一年时间也会损失不少演出费。"但刘易斯仍坚持己见，斯皮尔伯格拿他没有办法，只好再等他一年。

接下来，刘易斯先是阅读了100多本关于林肯的书籍，对林肯进行了全方位的研究。之后，刘易斯不仅让顶级造型师把他变成"林肯"，还以"林肯"的身份开始了全新的生活。他让人们彻底忘掉他的名字，改口称他"总统先生"；他说话的声音模仿林肯——在颤抖中带出威严的语气，他的姿势、动作和神态也模仿林肯；他吃林肯喜欢吃的菜，穿林肯喜欢穿的衣服，读林肯喜欢读的书，去林肯喜欢去的场所；他把自己的夫人当成"总统夫人"，以林肯的口吻与之交流。每天入睡前，刘易斯会总结一天来有什么地方做得不够好，接下来进行改进。

不少亲朋好友难以理解刘易斯在生活中把自己当成"林肯"的做法，认为他因为揣摩角色而走火入魔。有一次，刘易斯走在人群中，有位朋友向他打招呼时忘了称他"总统先生"，他煞有介事地说："对不起，您认错人了，我是'林肯'，不是刘易斯。"朋友哭笑不得。还有一次，刘易斯在姨妈家的圣诞晚餐上，仍然用林肯的思维和语调说话，跟桌边的黑人小伙进行那个时代的对话。刘易斯一旁的表兄忍了很久，后来忍无可忍，就"礼貌"地把他请出了家门。外界的干扰丝毫没影响到刘易斯把自己变成"林肯"的决心，他沉浸在林肯的世界里，距离真实的林肯越来越近。

2011年5月，斯皮尔伯格收到了刘易斯的一封快递，里面有一盒录音带。播放时，里面的男高音尖细，略带沙哑，又混合着伊利诺伊、印第安纳和肯塔基口音——与同时代的观察家们对林肯声音的描述几乎一模一样！单凭这个极具设计感的嗓音，斯皮尔伯格就知道刘易斯已做足了功课，于是信心满满地启动了《林肯》的拍摄。

2012年11月19日，《林肯》在北美地区公映，刘易斯出神入化的演技让影片在上映后获得了几乎一边倒的赞誉。美国"影评之王"罗杰·艾伯特对于刘易斯在《林肯》中的演出做出了高度评价："影片中的刘易斯就是'林肯'，他让林肯复活了！史诗般晦涩的人物，对刘易斯来说简直易如反掌，轻松得像披上了一件陪伴自己多年的外套！"

2013年2月25日，第85届奥斯卡金像奖颁奖典礼在好莱坞隆重举行，刘易斯凭借在《林肯》中对林肯的逼真塑造第三次获封影帝，成为目前电影史上获得奥斯卡最佳男主角奖次数最多的男演员（前两次获封影帝同样与他在生活中揣摩角色的方式密不可分）。刘易斯因此又一次登上《时代周刊》的封面，封面上有这样的问答：问题是"最优秀男演员如何变成'林肯'"，答案是"不疯魔，不成活"。

做好别人不屑做的事

有一次,刘谦参加《鲁豫有约》,在开场的时候鲁豫毫不客气地说出了自己的困惑:"曾经有很多魔术师在春晚舞台上表演过大型魔术,但都没有走红,而你每次上春晚表演的都是些近景小魔术——这些魔术的道具非常简单,过程也并不复杂,可为何你却红了起来呢?"

刘谦没有急于回答问题,而是先让鲁豫去猜。鲁豫猜测说:"因为你长得很帅,技术独到,善于创新。"刘谦摇摇头,笑笑说:"在我看来,这些其实都不是最主要的原因——如果你的魔术不精彩,长得再帅也不会有什么用;我表演过的很多魔术和运用的手法都不是我独创的,我的很多同行都会。"

刘谦的回答让鲁豫如坠雾里,刘谦解释说:"我认为我之所以能够走红,正是因为我选择的都是些简单的小魔术。其实在春晚直播的时候,很多人是边吃饭、边聊天或者是边打牌时才扫几眼电视,这个时候不需要复杂、不需要创新,需要的是在很短的时间内就可以打动观众。所以,我每次上春晚,都是从无数种很多魔术师都不屑去表演的小型魔术中,精选出几个最没有技术含量、却极有表演含量的魔术来表演，这才是我成功的重要原因。"

　　独辟蹊径，从别人不屑于去做的事中发现机会，这正是刘谦带给我们的启示。

好机会藏在麻烦里

宇称守恒定律原本是物理学界公认的重要原理之一，可是杨振宁在1956年的一次实验中，偶然发现自己得出的实验结论竟然与宇称守恒定律是互相冲突的，他由此推测宇称守恒定律有可能是错误的。

为了检查宇称是否真的守恒，杨振宁和李政道展开了合作，在做了3个多星期的大量计算后，他们吃惊地发现过去所有相关试验竟然没有任何宇称绝对守恒的根据。为了验证宇称是否真正守恒，他们倡议自己的学生组建科研小组去做一项实验。可是起初没有学生愿意做这项实验，因为宇称守恒是科学界公认的定律，除了杨振宁和李政道之外，从来没有人怀疑过，关键是这项实验做起来非常麻烦。

令杨振宁和李政道欣慰的是，最终有一位女学生表示愿意去做这项实验，她觉得宇称守恒作为一种基本的现象，既然还没有得到实验的有力证明，那就应该进行验证。于是她与其他几名科学家展开合作，在华盛顿做了长达半年时间的艰苦实验。

1957年1月15日，美国哥伦比亚大学物理系举行新闻发布会，公布了由这位女学生组建的科研小组的实验结论——宇称是不守恒的。这项实验结果推翻了物理学上屹立 30 年之久的宇称守恒定律，震惊了整个物理学界。1957 年 10 月，杨振宁与李政道因宇称不守恒定律荣获诺贝尔物理学奖，而参与实验的那位女学生也因此一举成名。

那位女学生就是美籍华裔女物理学家，有"东方居里夫人"之称的吴健雄女士。

1997 年吴健雄去世，杨振宁在纪念她的一篇文章中说道："好机会总是藏在麻烦里，它永远与那些不愿付出却想取得成功的人无缘，只属于为了梦想而任劳任怨的人！"

半夜推销

奥城良治被誉为日本汽车界的推销之王,曾连续16年获得日本汽车界销售冠军。

刚出道时,奥城良治一边勤奋地学习推销常识和技巧,一边不厌其烦地实践。因为没有多少人脉,奥城良治的推销对象基本上为陌生人。经理规定每位业务员每天至少拜访100位客户,而奥城良治每当完成90多个客户时,会感到有些疲倦,就放弃了。奥城良治认为差几次影响不会太大,向经理汇报时撒谎说完成了任务。几天过去了,奥城良治1辆汽车也没卖出。

这几天,每当经理召集推销员开会,了解到别人的成绩时,奥城良治就感到无地自容。这一次会后,经理嘱咐推销员说:"多推销一次就多一次机会,你们一定要全力以赴完成每天的推销任务,不能有丝毫松懈。"

这席话一下子点醒了梦中人,奥城良治开始严格要求自己——规定自己每天推销次数少于100次就绝不能回家。此后的两天,奥城良治都是在晚上完成了推销量，尽管已经比较累了，但是仍没有实质进展。第三天一大早，奥城良治突然发起高烧，一位室友送他去医院看病，还替他向经理请了假。医生开了药后，这位室友又带他回宿舍休息，劝他好好休息一天，别去上班了。可奥城良治服药休息了一段时间后，烧退了，就又前往一个繁华地段推销去了。

因为上班时间晚了几个小时，直到半夜大街上一个行人也没有的时候，奥城良治也只进行了96次推销。

奥城良治此时已经十分疲惫了，恨不得随便找个地方躺下睡觉。奥城良治心想："我回去休息算了，就这次打下退堂鼓，下不为例！"于是，奥城良治打算回家，可刚转身，转念一想："松懈一次，就会有第二次。这样一来，渐渐地我就松懈了。未完成任务，绝不放弃！"

刚拿定主意，奥城良治不经意间，发现自己正站在警察局的门口，不禁高兴起来：警察局里肯定有人，这下就有推销对象了啊！可还没等奥城良治走进大门，就被门卫拦了下来。这么晚了，门卫起初以为奥城良治是要报案，可奥城良治出示了自己的工作证后，他大吃一惊，以谢绝推销为由还是不让奥城良治进。让门卫意想不到的是，奥城良治不仅苦苦哀求起来，还把他当成了推销对象。这位门卫最终被奥城良治的敬业精神打动了，激动地握着他的手说："我从来没见过你这么执着的年轻人，如果我不放你进去，恐怕上帝都会责怪我的！你进去吧！尽管我可能会被责备。"

进了办公室，奥城良治向值班的一些警察说明来意后，这些警察个个目瞪口呆，谁也不忍心撵他走。结果，奥城良治不仅顺利完成了拜访任务，还成功地向其中一位正打算买车的警察推销了一辆汽车，实现了零的突破。

正是靠着这种钢铁般的意志，以及不达目标绝不罢休的信念，奥城良治最终走向了成功。

老木匠点醒大作家

作家刘震云有个在河南乡下做木匠的舅舅，人称刘麻子。做木匠的起步阶段，刘麻子面临着激烈的竞争，因为方圆三十里内，木匠不可胜数。可令乡亲们大跌眼镜的是，刘麻子非但没有打价格战，反而将自己做的木质家具定出高价，以至于鲜有人问津。而这似乎没有影响到刘麻子的心情，大家发现，他做木工活儿的时候总是乐呵呵的。

渐渐地，人们发现刘麻子不但做工较快，而且做出的家具都是精品。刘麻子做的家具尽管贵了点，但是造型美观、结实耐用，而其他木匠做的价格虽便宜，可外观普通且容易变形、开裂，两者相比，还是买刘麻子的划算。于是，刘麻子的名声慢慢传开了，越来越多的人宁愿多花钱买刘麻子做的精品，也不买其他木匠做的便宜货了。

有次刘震云探望舅舅，他夸舅舅："大家都知道您手艺特别好，都认为您身怀绝艺。"刘麻子哈哈一笑，摇摇头说："我哪里有什么绝艺？论手艺，我和其他的木匠没什么两样。""您做的家具那么好，怎能没有绝艺？"刘震云疑惑地问。舅舅解释道："若硬说我有什么'绝艺'的话，那就是我做工的时候能够乐在其中、心无杂念,至于是不是会得到人家的夸奖,做出的东西能不能卖出去,我从来不去考虑。我做木工,纯粹是因为喜欢。如果我总想着让人家夸我,总想着赚钱的话,心里就会有负担,那样的话肯定做不好。"

舅舅的一席话使刘震云受益匪浅,在这之前,他写作的时候并不能完全排除外界的干扰,而在舅舅的启发下,他怀着享受文字的心情,创作起来也更加自由。正是在这种状态下,他创作出了长篇小说《一句顶一万句》,这部作品荣获第八届茅盾文学奖。

你只是表面上已尽力

日本邮政保险有限公司是全球十大人寿保险公司之一，大友吉田是这家公司的一名销售经理，他是2012年全公司的寿险销售冠军。

2013年7月初，韩国三星集团盛情邀请大友吉田前去韩国进行演讲。大友吉田对于首次出国演讲极为重视，做了精心的准备。不料，7月20日早晨，大友吉田在办理登机手续时被拦了下来——他竟然没有办理签证！

原来，在此之前，大友吉田出国旅行，相关手续一律由旅行公司包办，自己从未操过心，也正因如此，他的脑海中根本没有形成出国办签证的观念。

大友吉田急忙打电话咨询旅行公司办理签证所需的时间，旅行公司的人告诉他由他们代办至少需要4天时间。不过，还有个办法可以节约很多时间，那就是直接向韩国驻日本总领事馆的总领事提出申请。可即便如此，也至少需要两天时间。而在韩国的演讲定于当天下午，等签证办下来，演讲时间早过了。

大友吉田很清楚，如果不能尽快把签证办下来，他将失信于人。该如何是好呢？大友吉田顿时慌了神，不过他随即意识到着急于事无补，只会让自己更加被动，于是他强迫自己冷静下来。大友吉田想：不到最后一刻就不要轻易放弃。

大友吉田抱着试试看的心理，急匆匆来到韩国驻日本总领事馆。到了快上班的时间，身旁的人告诉大友吉田总领事到了。大友吉田不顾一切地冲到总领事面前，大声请求说："我需要尽快办理签证，您能听我解释下吗？"几个高大威猛的安保人员立即冲上去，把身材矮小的大友吉田团团围住。大友吉田并没有被眼前的阵势吓倒，他仍旧不顾一切地朝总领事高喊："请您听我说！"没想到慈眉善目的总领事先生同意了他的请求，让他到办公室说明情况。

大友吉田先是说明了自己的来意，并就自己的马虎做了诚恳的反思，表示今后一定吸取教训，接着竭尽全力表达了自己的急切之情："我是受贵国的三星集团邀请前去演讲的，这是我的邀请函和行程表，请您过目。如果因为我的一时大意而使演讲泡汤的话，将会让我在业内的信誉严重受损，更重要的是，这会让贵国人民认为日本人是不讲信用的，从而影响到两国人民的友好交往！"总领事馆被大友吉田的诚意感动，采取特事特办，只花了10分钟就将他的签证办好。

返回机场后，尽管大友吉田原先要乘坐的飞机已经起飞，但是他改乘了另一班最快起飞的航班，提前10分钟抵达演讲现场。大友吉田不但按照原计划进行了演讲，还将自己惊心动魄的办理签证的经历与观众进行了分享。

而后，大友吉田感慨地说："当你陷入绝境，想方设法解决困难却于事无补，就自认为自己已竭尽全力去解决了。你以为大势已去，事情已到了无可挽回的地步，其实未必。实际上，可能是，你只是表面上已尽力！这个时候，不妨问问自己，果真尽最大努力去挽回了吗？哪怕是有一丝的希望，也不要轻易放弃。努力去争取，说不定就会峰回路转！"

如何破解周鸿祎的手机号码

2012年8月30日晚,在网上的各大论坛里,有一个"如何从拨号音中听出360总裁周鸿祎的手机号码"的网帖迅速蹿红。在帖子中,作者用图文并茂的方式详细展示了破解周鸿祎手机号码的过程。360安全中心董事长周鸿祎得知此事后,不仅没有责备"始作俑者"对自己隐私的侵犯,还在微博里盛赞他非常能干。

破解者刘靖康不是什么声学方面的专业人士,而是当时南京大学软件学院软件工程专业的一名"90后"大三学生。作为周鸿祎的铁杆粉丝,刘靖康平时非常关注媒体关于周鸿祎的报道,梦想着有一天能够得到周鸿祎的点拨。他曾多次通过微博向周鸿祎请教问题,可始终没有得到回应。

2012年8月30日,一段记者采访360董事长周鸿祎的视频在网上流传开来,点击量很大,刘靖康也观看了这个视频。视频中一串2秒钟的电话按键音引起了刘靖康的注意,他联想到小说《名侦探柯南》中通过手机拨号音破解手机号码的情节。刘靖康认为尽管这一情节十分离奇,但并非丝毫没有可能。于是，他怀着浓厚的好奇心，尝试利用拨号音破解周鸿祎的手机号码，实现与偶像交流沟通的愿望。

说干就干，对于声学原理并不很了解的刘靖康先是通过查阅相关资料，熟悉了贝尔发明电话的基本原理，并以此作为破解手机号码的理论基础。之后，刘靖康下载了一款音频分析软件，将视频中的声音转换成频谱图，很清楚地分辨出记者11次按键时声音的变化。他再通过放大其中拨号音的部分，找出了振动频率的变化，从而推算出了周鸿祎的手机号码。

为了验证下是否破解成功，刘靖康按捺住狂跳的心，深呼吸一口拨通了电话："喂，您好，请问是360的周鸿祎董事长吗？"电话里传来压低嗓门的男声："我在开会，您有事吗？"当对方默认就是周鸿祎后，刘靖康脑子里一片空白，事先想好的要对偶像说的话全忘记了，他莫名其妙地回答："抱歉，我打错了。"

尽管在电话中没能和自己的偶像进行实质的交流，但是成功破解名人手机号码还是令刘靖康兴奋不已。为了分享自己的喜悦，刘靖康将自己的传奇经历发到了网上。为了防止周鸿祎的个人信息泄露，他将图片和部分数字进行了马赛克处理，并且提醒媒体在播放视频时隐去拨号音，防止被采访者的电话号码被人破解。

刘靖康的帖子很快在网上引起巨大轰动，并引发了创新工场CEO李开复和周鸿祎在微博上的人才争夺战。先是李开复盛邀刘靖康毕业后到创新工场工作，之后周鸿祎通过微博和李开复抢人："这位同学还是来360吧，你要是猜出开复的号码就去'创新工场'。"

想法再好，如果不去尝试就毫无价值，成功往往存在于不经意的尝试中。有许多人，他们原本有很好的想法，但因为没有去验证，丧失了改变命运的机会。也有一些人，比如刘靖康，他们不但有好的想法，而且能迅速将之付诸实践，从而获得了成功。

缺陷带来的优势

芭芭拉·史翠珊是美国影、歌、剧、导、作多栖的超级女星,被誉为"美国娱乐界传奇天后"。

20世纪50年代末,芭芭拉在一次歌唱比赛中取得冠军,从而在美国娱乐界崭露头角,她的娱乐生涯由此开启。60年代,芭芭拉受邀在纽约百老汇歌剧院演出。

和芭芭拉搭档的演员桃丽丝·黛长得非常漂亮,活泼而性感,十分走红。而尽管史翠珊演出也深受观众的喜爱,但是她的容貌有缺陷——鼻子过大,与整个脸部显得不太协调。

有一次,芭芭拉在与百老汇歌剧院的老板闲聊时说:"我担心自己的大鼻子会影响到自己的发展,想把它整小些。我真羡慕桃丽丝,她拥有天使般的容颜,"老板语重心长地说:"干吗要整?你的大鼻子是上帝的恩赐啊!"芭芭拉感到莫名其妙,问道:"为何这么说呢?"老板说:"处于聚光灯下的人总希望向观众展示自己完美的一面,这是错误的,正确的做法是适度展示自己的缺陷。没有谁是完美的,总以一种完美的形象示人就会拉远与观众的距离。并且如果自己不肯展示缺陷,观众就会自发寻找自己的缺陷,甚至把完美变成一种最大的缺陷。这点,我曾多次劝过桃丽丝,可她根本不听。"芭芭拉豁然开朗,欣然保留了自己的大鼻子。

后来,通过努力,芭芭拉的名气越来越大,而桃丽丝却渐渐淡出了人们的视线。

做自己的出版商

阿曼达·霍金是美国明尼苏达州奥斯汀市的一位女孩,她自幼拥有讲故事的天赋。学会写字后,霍金就开始写故事,立志成为一名作家。

霍金喜欢独处,不爱说话,所以朋友不多。从小学开始,当她的同学利用业余时间游玩或举行派对的时候,她总是一个人待在教室或家里默默地写作,有同学嘲笑她是个"木头人",她不以为然。在上小学和初中的8年时间里,霍金写满了10多个又大又厚的笔记本。她曾将自己认为写得很好的故事投给了报社,但一篇也没能发表。在父母的鼓励下,她仍旧笔耕不辍。

读高中时,霍金完成了她的第一部小说,并信心满满地将小说邮寄给了50家出版社,结果没有一家愿意出版,这令她沮丧不已。就在霍金打算放弃的时候,她在书上看到了自己的偶像——美国著名歌手马克·霍普斯鼓励年轻人的一句话:"为了成功,多么执着都不过分!"这句话使她重新找回了奋斗的勇气。

高中毕业后,霍金进入一家社区大学读书,没念两年她就因父亲失业而辍学了。她先到一家餐厅洗盘子，后来又在残疾人之家当护工，月薪只有1500美元。拮据的生活并没有挡住她追求理想的脚步，工作之余，霍金用辛辛苦苦攒下的钱报了几个写作班，系统学习了写作理论。她还走访各大书店，阅读了大量的畅销书，以此来了解它们之所以畅销的原因。

经过深入分析，霍金发现爱情是文学作品永恒的主题，而吸血鬼、巨兽和僵尸等题材则是目前流行的元素。据此，她确定了自己新的写作方向，打算把各种"时髦"的元素都融进自己的作品里。霍金为自己列出了详细的写作计划，每天下班后，她都要写作到深夜。不到一年的时间，霍金创作出了6部小说，当她将这些作品邮寄给多家出版社后，还是石沉大海。

2010年4月，霍金在网上浏览新闻时，发现互联网上兴起了"自我出版"的热潮。所谓"自我出版"，是作者不通过传统出版商，而是借助网络数字出版系统发行自己的书，同时负责编辑、设计、定价等所有环节。这让霍金眼前一亮，于是，她运用网络数字出版系统制作了4部精美的电子书，并将之陆续上传到了亚马逊网上书店。

由于对自己的作品不够自信，同时也出于吸引读者的考虑，霍金将每本书定为0.99美元的超低价，而亚马逊网上书店的其他书，标价通常是每本9.99美元。喜爱吸血鬼、巨兽和僵尸等题材的读者，在亚马逊上搜寻这方面的小说时，一看霍金的小说定价才0.99美元，顿时就被吸引住了，试读后感觉不错便下载到了自己的阅读器里。读者阅读完霍金的一部小说后，感觉很合口味，于是就将她的其他小说给"包圆儿"了。

就这样，6个月过后，薄利竟然滚成了巨款，她的账户赚进了20多万美元。一年半后，霍金共售出100多万本电子书，收入高达200多万美元，而她也成了为数不多的在亚马逊上销售图书超过100万册的著名作家。《纽约时报》称她为继斯蒂芬妮·梅尔（吸血鬼小说《暮光之城》的作者）和J·K·罗琳（《哈利·波特》的作者）之后最令人激动的作家。

霍金在接受《纽约时报》专访时说："很多时候，当别人不给我们机会时，我们要学会自己创造机会。"

不要只描绘美好的蓝图

1984年12月30日,他出生在俄亥俄州的阿克伦。他的父亲是一名刑满释放人员,在他还未出生就抛弃了他的母亲。出生后,他随母亲来到俄亥俄州阿肯山胡桃林木街的贫民窟,在外婆家落脚。

他们住的是一栋租来的年久失修的破房子,里面凌乱不堪,没有一件像样的家具。他们一家人主要依靠政府的救济和打零工维持生计,收入接济不上时,他们要么忍饥挨饿,要么去垃圾堆捡拾别人丢弃的食物。

恶劣的家庭环境注定了他的童年是暗淡的,他一年到头吃的穿的玩的都很差。1987年圣诞节,母亲送他一个崭新的篮球,他立即产生了浓厚的兴趣,此前他所玩的玩具都是母亲从垃圾堆里捡来的。再大一些,他喜欢上了去篮球场和其他孩子一起打篮球。

有一次看电视上直播的篮球赛,他被迈克尔·乔丹精彩的投篮动作所折服,就将乔丹当作偶像,梦想有一天也可以成为乔丹一样的超级巨星。后来,在他狭小的卧室里,贴满了从四处捡来的乔丹的海报。

1995年,他进入小学一年级,加入了学校的篮球队,教练由一位名叫乔治·席格的体育老师担任。席格发现，他个子高，反应也十分敏捷，是打篮球的好苗子，于是极力鼓励他好好练习，将来进NBA，成为篮球明星。起初，他积极性很高，总会提前到训练场地，离去时也很晚。可长时间的练习让他感到枯燥，他就松懈了。

席格十分着急，多次提醒他："要实现梦想，除了刻苦训练，你别无选择！"每次提醒后，他训练的积极性会得到改善，可过一段时间后积极性就会减退，所以进步不大，席格拿他也没有办法。

1996年夏季，席格去了别的学校工作，他所在的篮球队教练改由另一位体育老师弗兰克·沃克（席格的朋友）接任。在进行工作交接时，席格向沃克详细诉说了他的情况以及自己的无奈。

沃克找他谈话时，告诫他："如果你发奋图强，将来可以成为NBA的篮球明星，否则，你将永远住在又脏又乱的贫民区！"他脑海里顿时呈现出贫民窟的画面，下意识地说："那样的环境我早就受够了！"沃克说："那就好好训练吧。"

此后，每当他开始厌倦训练时，沃克教练的话就会清晰地浮现在他的耳边，使他抖擞精神。就这样，他每天放学后都会快速赶到篮球场，训练到很晚。渐渐地，连学校里高年级的学生也不是他的对手了。

高中时，由于抢眼的表现，他已经登上了《体育画报》《灌篮》《ESPN》等杂志的封面，成为家喻户晓的人物。18岁时，他以选秀第一名的身份被克里夫骑士队选中。2010年，他加盟迈阿密热火队，在2012年成为史上第二位在同一年里囊括"年度最有价值球员、总冠军、总决赛最有价值球员、奥运冠军"四大荣誉的球员（第一位是乔丹），在全世界球迷心中成为和乔丹同一级别的超级巨星。没错，他就是勒布朗·詹姆斯。

曾经，席格问沃克用了什么方法使詹姆斯彻底转变，沃克说："我只是把努力和不努力两种结果告诉了他而已。"

席格有些疑惑："就这么简单？"沃克微笑着解释说："只通过描绘美好未来的方式鼓励，作用有限，因为人都是有惰性的。所以，很多时候，成功是逼迫的结果。而他对苦难的深刻体验本应成为激发他前进的巨大动力，但人都有惯性，时间久了就会对自己的处境习以为常，这就需要有人去提醒。所以，鼓励他，除了为他描绘美好的蓝图之外，还要描绘不努力导致的糟糕未来。"

丘吉尔作画的原动力

人们熟知丘吉尔是一位杰出的政治家,但恐怕很多人不知道,除此之外,他还是一位有较高造诣的油画画家,他的多幅油画作品被伦敦泰特美术馆收藏。丘吉尔之所以能走上油画创作之路,是因为一位画家的"野蛮"鼓动:

1915年,丘吉尔遭受了政治生涯中的重大挫折——被撤销了英国海军大臣的职务。政坛失意的丘吉尔内心无比苦闷,就回到家乡的庄园散心。钓鱼、看书、欣赏美景,这些休闲放松的方式并未使丘吉尔的心情得以真正放松,他脸上还总是乌云密布。

丘吉尔的邻居拉沃瑞是一位杰出的画家。有一天,丘吉尔在湖边散步,发现拉沃瑞正在聚精会神地画一幅油画,顿时对此产生了浓厚的兴趣。丘吉尔觉得,对他而言,作油画可能是一种排遣苦闷的好方式,就请求拉沃瑞教他,拉沃瑞欣然应允。自此以后,丘吉尔就和拉沃瑞学习起来。

拉沃瑞讲授了基本的绘画理论并进行了一些示范后,让丘吉尔动笔画一片湖泊。然而，丘吉尔担心自己在大画家面前出丑，面对洁白的画布，犹豫再三就是不敢下笔，拉沃瑞再三劝解也无济于事。接连两次都是这样，第三次时依旧如此，丘吉尔打起了退堂鼓，打算放弃学画。

此时，恰巧拉沃瑞的一位画家朋友来访，得知丘吉尔的情况后，二话不说将绿色颜料泼到了画布上，而后对丘吉尔说："你不是要学习画油画吗？现在开始吧！"言罢就将画笔塞给了丘吉尔，他见画布已成这样，索性就大胆地涂抹起来。不一会儿，一片碧波荡漾的湖泊就画好了。尽管这幅画算不上佳作，但是也有亮点，让丘吉尔收获了最初的自信，这既让他拥有了一种使心灵得以很好慰藉的方式，也开启了油画创作之路。

很多时候，我们未能成功地做成一件事，不是因为我们没能力做到，而是因为缺乏开始的果敢。

"抢"来的锦绣前程

1997年，孙红雷毕业于北京戏剧学院后，经常奔波于北京的各大片场，应征一些电视剧的角色。因为长相平平，在那个盛行俊男美女的时代，他屡屡碰壁。

1998年年初的一天，著名导演赵宝刚在《永不瞑目》片场选拔出演剧中大毒枭的打手建军的演员。尽管这是个小角色，但因为赵宝刚名气大，还是吸引了很多人前来应征，孙红雷也报了名。可令孙红雷没想到的是，赵宝刚仅看了他一眼，就摇摇头说："小伙子，你长得太憨厚了，这个角色不适合你！"就这样，孙红雷灰溜溜地离开了片场。

半路上，孙红雷回忆起赵宝刚的话，感觉万分委屈，因为之前虽说多次应征失败，但至少有试戏的机会，而这次应征竟然连试都没试就被刷了下来。他越想越觉得憋屈，突然来了股横劲儿：我就不信邪，不给角色让我演，那我就去抢！于是，孙红雷又急匆匆赶到片场，跑到正在选角的赵宝刚面前，斩钉截铁地说："让我演段戏！如果你不满意，我立刻走人！你不让我试戏就淘汰我，这对我不公平！"赵宝刚被吓了一跳，重新审视了下这个"愣头青",被他的自信和执着所感动,于是勉强答应了他的"要求"。孙红雷试了一段戏后,赵宝刚发现,他演技精湛,在剧中呈现的状态和现实中给人的感觉截然不同,就将角色给了他。

后来,电视剧《永不瞑目》热播,在这部电视剧中,尽管孙红雷饰演的建军一角是个很小的角色,戏份也不多,但他还是凭着出色的演出给观众留下了深刻印象。从此以后,孙红雷的片约接连不断,并最终成为中国炙手可热的男演员。

赵宝刚有一次在接受采访时说:"孙红雷当初争取到电视剧《永不瞑目》的角色,与其说是我给他的,还不如说是他自己'抢来的'。"

人们都说"机会青睐有准备的人",其实未必,因为在很多时候,即便我们做了大量准备,也可能等不到机会。这就需要我们自己为自己争取机会,自己为自己打开成功之门。

从家庭主妇到"印度国宝"

现年78岁的印度阿婆钱德罗·托马尔家住印度北方一个名为朱赫里的小村庄,她有3个女儿、3个儿子,还有几个孙儿,一家人住在一起其乐融融。平时,作为母亲和祖母的托马尔负责料理家务。

10年前,托马尔的孙女南德娜怀着成为职业射击运动员的梦想,在距离朱赫里村不远的镇上学习射击。一个周末的中午,托马尔前往射击俱乐部给南德娜送饭。刚走到射击俱乐部门口,托马尔迎面碰上摔门而出、怒气冲冲的南德娜。托马尔和蔼地问道:"孩子,你这是怎么了?""奶奶,我刚才比赛又是倒数第一名,我已经连续3次得最后一名了。我太笨,不学了!"南德娜委屈地说。

托马尔知道南德娜酷爱射击,中途放弃实在可惜,就说了很多安慰和鼓励的话,劝孙女继续学习射击,可任凭她怎么劝说,南德娜就是听不进去。

孙女的固执,让托马尔灵机一动:若连我一个老太婆要也敢于挑战射击的话,那她还有什么理由放弃呢?再说,射击看起来不是挺酷的吗？于是，托马尔以商量的口吻对南德娜说："如果我也参加射击训练的话，你是不是继续学习呢？"南德娜认为奶奶是在开玩笑，于是随口说："如果您也练射击，那我就继续学。"可当阿婆领着南德娜走到教练办公室，表明了想法后，南德娜才知道阿婆是要来真的。教练望着满脸皱纹的托马尔疑惑地说："您这个年纪，看报纸都费力，还想学射击？"托马尔坚定地说："这个不用担心，我身体非常好，肯定没问题！"教练被托马尔的执着感动，答应了她的请求。

就这样，托马尔利用家务之外的时间，和南德娜前往射击俱乐部学习射击。每当托马尔走进训练厅，一些调皮的孩子就会起哄，嘲笑托马尔说："世界上最老的'女神枪手'来啦！"托马尔并不以为然，总是以慈祥的眼神回应这些不懂事的孩子。

除了在射击俱乐部学习之外，托马尔还下功夫在家里自己训练。对于射击而言，最重要的是瞄准靶心，为了练习瞄准，托马尔自创了些"土办法"。她在练习射击的时候，为了使机枪平稳，就在枪口上方放置了个小木块，只要有轻微的晃动，木块就会掉下来。起初，由于没有掌握要领，托马尔持枪的手臂经常晃动，以至于小木块总是掉落。但她非常有耐心，不厌其烦地练习着。

此外，为了练习瞄准，托马尔捡了很多石头子和空矿泉水瓶，用石头子投掷远处的矿泉水瓶，以至于家中院子里总是四处散落石头子和矿泉水瓶，儿女们知道她是为了鼓励南德娜才这么做，所以都表示理解和支持。

为了练好射击，托马尔放弃了看电视、看报、听音乐等休闲娱乐活动，但她仍感到十分开心，因为她既享受到了射击的乐趣，又鼓励了孙女南德娜。

随着时间的推移，托马尔的射击水平越来越好，射击俱乐部那些嘲笑她的声音也逐渐消失了，越来越多的人对这位老人刮目相看，而她的孙女在她的影响下，射击成绩逐渐好转。2005年，托马尔在印度钦奈举行的退伍军人射击锦标赛中，击败专业选手拿到了金奖。这个消息经过媒体报道后，在全印度引起轰动。之后的7年时间里，托马尔还曾在警察射击比赛中击败专业神枪手，落败者甚至包括德里警署的监察长。

托马尔的事迹鼓舞了很多人，许多在射击俱乐部学习射击打算中途放弃的人，因为她的鼓励重整旗鼓，后来找到了好工作。鉴于此，印度的媒体将托马尔老人称为印度国宝。

托马尔老人在接受《印度时报》采访时激动地说："我以自己的行动告诉人们我的能力，我认为一切皆有可能，只要你肯做，什么都难不倒你！"

用信封上的字制匾

在岳阳楼三楼正面的斗拱上，挂着刻有"岳阳楼"三个镀金大字的牌匾，这几个字酣畅淋漓，遒劲有力，刚柔并济，尽显大家风范，让人赏心悦目。它们凝聚了整个岳阳楼精巧外观的灵气，可谓点睛之笔，令人连连称赞。

在这块名匾背后，有一个有趣的故事：

1961年3月，当时的岳阳县整修岳阳楼时，楼名还是由曾任"中华民国"湖南省政府主席的何键题写。群众认为此人是共产党人和革命群众的刽子手，强烈要求更换牌匾，岳阳楼的管理部门采纳了群众的意见。那么，请谁来写呢？很多人都想到了毛泽东，他既是国家领袖，又是书法大家，曾为多家知名机构题过名。在岳阳楼的管理部门的托付下，岳阳县人民政府遂写信向毛泽东求字。

毛泽东看到信后认为，岳阳楼是文物古迹，请著名的考古学家郭沫若题名更为合适。于是毛泽东亲自给郭沫若打电话嘱托此事，他欣然应允。郭沫若对此事非常重视，他精心构思，小心翼翼地写起来。在一天时间内，郭沫若不知写了多少幅，总感觉不满意，废弃的字幅被揉成一团丢了一地。

最后，郭沫若精挑细选了几幅自认为最好的字，将之装入信封，送呈毛泽东审定，信封上写着"请主席审定哪幅'岳阳楼'写得好"之类的话。毛泽东乍一看这几幅字，感觉写得都很好，但再仔细欣赏总觉得有些拘束，相反，信封上随意写的"岳阳楼"3个字倒挥洒自如，于是就圈定了信封上的这几个字。

岳阳楼的管理部门收到了郭沫若先生的字幅，万分欣喜，赶紧根据郭沫若的字制成金字匾额。此匾悬挂后为名楼增添了许多光彩。用于制作牌匾的手迹，现被珍藏在湖南省博物馆。

郭沫若写在信封上的"岳阳楼"之所以写得自然，就在于他写时没有丝毫心理负担。而被装在信封里的几幅字之所以落选，是因为郭沫若在写时，心中有压力——总想着这是为千古名楼题字，又是受毛主席所托，一定要写好。

做一件事，往往越在意越难做好。将结果抛到脑后，于不经意间沉浸到过程之中，方能取得最好的结果。

缺乏魅力者的竞选逆袭

1948年的美国总统换届选举在"杜鲁门总统注定连任失败,共和党必胜"的氛围下拉开了帷幕。

众多新闻媒体、政治家、政治评论家之所以会如此认为,是因为共和党在本次选举中优势非常明显:从1933年开始,民主党已经连续执政长达13年,美国民众普遍认为该由共和党执政了;在任总统杜鲁门个人魅力缺乏,性格过于倔强,难以赢得民主党同僚以及选民的认可,而民主党也无法推出其他有强大竞争力的总统候选人;共和党上下一心,同仇敌忾,竞选经费充裕,志在必得,而民主党内部四分五裂,并且竞选经费严重不足;1946年,共和党在国会中期选举中击败民主党,赢得了参众两院的众多席位,所以来自民主党的杜鲁门总统很难赢得国会的支持。

面对"败局已定"的局面,很多人劝杜鲁门不要再参与下届总统竞选了,而倔强的杜鲁门却认为不战斗就认输是懦夫所为。要竞选总统,就要先过"被民主党选为总统候选人"这关,杜鲁门利用党内的分裂,采取各个击破的战略，使自己的亲信控制了民主党全国代表大会，又分化拉拢了党内对手之一华莱士的较多民主党人。经过艰难的斡旋，杜鲁门勉强获得了总统候选人提名，但几乎其他所有民主党人认为杜鲁门根本无法赢得大选。

共和党内角逐总统呼声最高的是纽约州州长杜威，他出身名门，有名校学历，温文尔雅，被新闻媒体普遍认为"杜鲁门的继任者"。有的报纸甚至报道："大选其实已经提前结束了，杜威州长无疑是明年的美国总统！"

杜鲁门也知道自己连任总统希望渺茫，因为缺乏竞选经费，根本无法进行正常的竞选活动，他的广播演说经常因为没钱而"缩水"。而杜威有大财团的支持，竞选经费充足，所以能够在广播里频繁地发表演说，在许多报纸上刊登竞选广告。

在竞选启动后不久，一家权威的民意检测机构发布报告称，杜威的支持率超杜鲁门近20%，杜威胜出几乎无悬念。

到了9月初，距离大选仅剩2个月，杜鲁门的支持率仍远远低于杜威。《纽约客》杂志刊登了杜威乘坐游艇出游的照片，标题竟然是《美国当选总统正在出游》，完全不把杜鲁门放在眼里。

这个时候，杜鲁门做了个决定——进行从美国东海岸到西海岸的"大选远征"，许多人认为杜鲁门又是在做无用功，可是，杜鲁门不为所动。杜鲁门依靠在白宫举行筹款晚宴，才勉强凑够了"远征"所需的最低标准经费。而后，杜鲁门开始了美国历史上地域最广、时间最长、最接近选民、最激动人心的"大选远征"。

不管城市大小，只要有火车站点的地方，杜鲁门都会停下来发表演说。杜鲁门发表的多是即兴演说，演说前很少准备，他的演说平易近人，其中提出的一些政策措施充分顾及农民和低收入选民，关键的一点是他是在知道自己"注定失败"的情况下发表的，所以极富感染力。杜鲁门的支持率快速攀升。

可是，2个月后，那家权威民意测验机构检测后发现，杜威的支持率还是超过杜鲁门5%。所以，这家机构认为杜威肯定能当选总统。

大选日当晚，《芝加哥论坛报》已抢先印刷了印有"杜威击败杜鲁门"重磅消息的号外，等着第二天向全国发行。共和党人已经把希尔顿饭店布置一新，准备庆祝杜威当选。而民主党人认为杜鲁门败局已定，连庆祝地也未预订。

第二日一大早，广播里却播出了一条令人震惊的消息：杜鲁门以49.5%的支持率超出杜威45.1%的支持率，击败杜威，成功当选下届美国总统。

最终投票结果为何与那家权威民意检测机构最后一次测算的结果如此悬殊？原来，这个民意测验有个致命的弱点——未将农民和低收入选民统计在内，而通过"远征"，杜鲁门在这些选民中的支持率已经取得压倒性优势。

对于杜鲁门的当选，第二天发行的《巴尔的摩太阳报》中一篇社论中写道："杜鲁门之所以能连任，在很大程度上是因为这个国度依然爱戴那些不畏艰难、不屈不挠、敢于战斗的人！"

歌神的境界

港姐邝美云有一次做客一档访谈节目，谈到唱歌的话题时，她讲述了这样一件事：

许多年前，她与歌神张学友同属一家唱片公司，公司经常安排两人同台演出。有一次，两人到深圳举办演唱会，表演结束后，她已经筋疲力尽，一心想着赶回酒店休息。但她的搭档张学友却因为与乐队配合得十分默契，不舍得离开，留在舞台上唱个不停，没有流露出丝毫的疲惫之态，这让她看傻了眼。

从那时起，邝美云便明白了为什么张学友可以成为歌神而自己不是，因为他是发自真心的热爱音乐，他对音乐的那种痴迷已经到了乐此不疲的境界，非一般人所能及，而她虽然也喜欢唱歌，但那种对音乐的热爱程度，难及张学友的十分之一。

最好的"伏笔"

他17岁那年,由于年少无知,选择了里德大学这所学费昂贵的大学,还选择了一门不感兴趣但在当时很热门的专业。半年后,他陷入对未来的迷茫之中:硬着头皮听课让他度日如年,并且为了读书还花掉父母毕生的积蓄。他感到再读下去没多大意义,于是选择了退学。

退学后,他并没有立即离开大学,而是想凭着兴趣旁听一些课程。在他就读的时候,每当走在里德大学的大学校园里,他就会看到各种海报上呈现的漂亮书法,这引起他的巨大兴趣。出于对书法艺术的热爱,他早就想学习书法课程,但一直没有时间,而退学刚好给了他这个机会。于是,他以旁听生的身份学习了一个书法班的全部课程。

里德大学有着美国最好的书法教育,在那个班上,他系统学习了书法知识——掌握了各种字体的书写方法,怎样改变不同字体组合之间的字间距,以及如何做出漂亮的版式等各种专业的书法知识。在学习过程中,书法的美感、历史感和艺术感令他如痴如醉。他从来没有想过那些书法知识会对他的人生起到怎样的实际作用,仅仅是凭着兴趣在学而已。

可令他没想到的是，10年后，当他设计出世界上第一款麦金塔电脑的时候，之前学到的书法知识派上了大用场。他将书法知识巧妙地融入麦金塔电脑的文字呈现系统之中，使得人类首次利用电脑打出漂亮的文字。后来，Windows采用了麦金塔电脑的文字呈现方式。他在接受媒体采访时曾说，如果当年他没有去上那门书法课，大概现在世界上所有的个人电脑都无法呈现出漂亮的文字。他就是苹果公司创始人史蒂夫·乔布斯。

如果一个人的人生是一篇文章，那么，我们现在所做的许多事就像是"伏笔"，而那些仅凭着个人兴趣所做的事，在当时看来根本没有实际用途，却可能是为未来埋下的最好"伏笔"。

冒险家的争与不争

迪恩·波特是美国知名的冒险家，被誉为"全球冒险第一个人"。纽约电视台邀请他在 2012 年 11 月 26 日这天挑战美国大峡谷，进行徒步横跨大峡谷和徒手攀登峭壁这两项冒险活动，并计划对这两项冒险活动进行现场直播。

那天上午，在美国大峡谷两侧的山顶上，纽约电视台的工作人员和众多观众沐浴着山风，屏住呼吸，等待着波特迈出那激动人心的一步。一条离地面垂直高度 160 米、长 41 米、宽 25 毫米、厚 3 毫米的尼龙扁带，悬在美国大峡谷的两座山峰之间，波特将通过这条扣人心弦的扁带穿越峡谷。与徒步走钢丝相比，徒步走扁带难度要大得多，当扁带的两端被固定后，尽管被拉紧但仍有较大弹性。挑战者每迈出一步，扁带就会反弹、左右摆荡，稍有不慎就会跌落。

和家人及朋友打过电话后，波特准备开始他的冒险活动，但当他走到峡谷旁边时，发现峡谷下面搭了一张防护网，他很不开心，当即要求主办方将防护网撤下。而主办方告诉波特，搭设防护网只是为了以防万一，因为一旦出现意外，迪恩将从相当于40多层楼高的高空直接坠下，然后滚下长达1000米的陡坡，这将让他粉身碎骨。对于主办方的好意波特非但没有丝毫感激，反而大为光火，他斩钉截铁地说："我要的是绝对真实，你们的行为是对我专业精神的侮辱。我相信自己，我的身体会征服这个峡谷，就算失败了，也是我为极限运动和梦想所付出的代价。"主办方不置可否，波特与其签署了免责协议后，防护网才被撤下。

波特穿越大峡谷的过程真可谓惊心动魄，有几次看上去他仿佛就要掉下来，但在他的沉着应对下，都化险为夷。波特仅用了150秒的时间，就完成了高空徒步横跨美国大峡谷的壮举。

下午，电视台的工作人员驱车载着波特赶往美国大峡谷底部。在行车途中，下起了倾盆大雨，不过一会儿雨就停了。到达峡谷底部后，波特发现，岩壁上不断有水珠渗出并滴了下来，他皱起眉头，试了下后请求主办方取消攀岩活动。

主办方的负责人十分不悦："上午的时候，在极度危险的情况下，你仍坚持让我们撤下防护网，而这次面临着同样的情况，你为何要放弃呢？要知道，观众正等着看我们的直播呢！"波特解释说："我穿越峡谷的确无比危险，不过通过我的努力，我完全有可能取得成功。而现在渗水过大，岩壁异常湿滑，根本不具备攀岩的条件。那是大自然的声音告诉我不适合攀爬——我们在和自然亲密接触的过程中，要对大自然有敬畏之心。如果我对于大自然的警告置之不理，不过是白白送死而已。"主办方的负责人感到波特言之有理，就尊重了他的选择。

冒险的意义在于，通过挑战极限来最大限度地挖掘生命的潜力，但这绝不意味着蛮干。真正的冒险不是对什么困难都毫无畏惧，而是在于尽最大努力挑战有可能完成的事，同时对于那些完全没有可能做成的事要毫不犹豫地放弃。

第六辑　看完片尾再散场

把绝症患儿生下来

罗宾和乔西是芝加哥的一对情侣，2012年年底，两人步入婚姻的殿堂。婚后两人相敬如宾，伉俪情深，过着甜蜜而幸福的生活。2013年5月，乔西怀孕了，夫妻俩怀着无限的憧憬等待着新生命的到来。

然而，在乔西怀孕第20周的一次例行产检后，医生告诉他们，他们未出世的孩子很不幸，患上了绝症——爱德华兹综合症，很有可能死于腹中，即便出世也至多存活10天。这个噩耗让夫妻二人顿时感到天昏地暗，他们无法接受这个现实。罗宾强忍住了悲伤，而乔西失声痛哭起来。

医生对他们说："继续妊娠没有多大意义，你们还年轻，还可以再生，乔西还是尽快接受终止妊娠的手术吧。"罗宾沉思了片刻后接受了此建议，而乔西却没有同意。罗宾向医生提议，他们先回家，他好好开导下她，医生表示赞同。回到家后，在罗宾的开导下，乔西渐渐趋于理性，答应第二天去医院做手术。

当晚入眠后，乔西做了个梦，在梦里，她未出生的孩子朝她灿烂地微笑着，不停地喊她妈妈，突然，孩子被一阵飓风给卷走了。乔西惊醒吓出一身冷汗，发现自己泪流满面。回味起孩子天真的微笑，情感刹那间战胜了乔西的理智，她决定尝试将孩子生下来。

第二天一大早，乔西将自己的决定告诉了丈夫。罗宾强烈反对，劝乔西不要感情用事，而乔西却说："生命无论长短都值得尊重，即便是孩子至多能存活10天，我们也没有权利剥夺让孩子出世的机会。若孩子能顺利出世，可以看到这个世界，感受到爱，还可以让我们留下与他（她）共同生活的珍贵回忆。"罗宾被乔西的话深深感动了，同意了她的决定。

2014年1月11日，孩子奇迹般地出生了，是个男孩，只有2公斤重，罗宾给他取名锡安。乔西和罗宾珍惜与孩子在一起的每一刻，在挂在襁褓上的一个小牌子上写道："我们爱你，锡安！"他们会经常亲吻锡安，和他说话，对他微笑，被爱呵护的锡安经常会用大大的眼睛盯着他们看，有时还会笑起来。

罗宾夫妇对孩子短暂的一生做了丰富的安排：将锡安带回家与家人团聚，抱着他去了繁华的商业街、当地主要的景点以及其他各种场所，让他见识了很多事物，还让他与亲朋好友见面……在锡安出生一周后，全家人为他过了第一个"生日"。全家人围着锡安，为他点燃了插在蛋糕上的蜡烛，帮他许愿，场面十分温馨。1月21日，在充满着爱的家里，锡安平静地去世，度过了他短暂的一生。

罗宾夫妇将记录与孩子相处的情况的照片和视频，传到了网上，与网友分享爱。在视频中，罗宾说："亲爱的孩子，你是上帝赐给我们的礼物，你的每一次呼吸都让我们感受到深深的爱！"母亲乔西说："虽然你生命很短暂，甚至没能叫声爸爸妈妈。但你在地球上的10天却给了我们从来没有的希望，让我们体会到爱和坚强，更加珍惜今后每天的生活！"

这些照片和视频感动了无数网友，有位英国网友这样说道："在爱的面前，生命无所谓长短，锡安10天的生命就是奇迹。锡安就是天使，他给家人带来了爱，也感受到家人的爱。虽然只有10天，但已经是一生一世了。每个生命来到世界都需要爱的滋养，无论长短！"

看完片尾再散场

一次，电影明星巩俐做客一档电视访谈节目时讲了这样一件事：

有一年，巩俐前往意大利威尼斯度假。在此期间，有一天，巩俐得知，一部由她非常喜欢的一位导演导演的剧情片开始在当地公映，于是她前往电影院观看。

那部电影画面唯美，剧情引人入胜，意境悠远。巩俐被深深地吸引了，看到动情处，还感动得流下眼泪。

片尾曲响起时，如雷般的掌声响了起来，巩俐象征性地鼓了几下，就要起身离开。可巩俐刚站起来，坐在她身旁的一位外国女观众拉住她问道："你觉得这部电影怎么样？"巩俐回答说："很棒啊！"这位女观众说："既然如此，那就等片尾放完，再离开吧！字幕是电影制作人员在和我们告别，而片尾曲以及画面是电影在向我们告别啊！"这种说法顿时让巩俐感到愧疚，她在国内看电影时，无论电影好坏，正片一放完，大家就争相离开了，从未见过谁能够看完片尾才离开的。巩俐接受了邻座的建议，直到片尾放完才离场。

在离场时，巩俐和邻座的那位女观众就"看完片尾才离场的事"攀谈起来，那位女观众又解释说："在威尼斯，一部能够真正触及心灵的影片，电影观众都会等片尾放完再离开的，这既是对电影创作人员的尊重，也是对电影的尊重，更是对自己心灵的敬畏！"巩俐被这一席话深深地震动了。

因大晴天放假的美国小学

每逢出现恶劣天气,出于安全的考虑,学校一般都会停课放假,这原本无可厚非。然而,2013年5月16日下午,在美国华盛顿州贝灵汉小学的网站上,出现了一条令人意想不到的放假通知:据天气预报说,2013年5月17日(星期五)将是一个大晴天,这天的天气不仅是未来几天中最好的,更是华盛顿州2013年以来最好的,鉴于此,学校临时放假1天,以便让大家尽情享受好天气。这究竟是怎么回事呢?

贝灵汉小学校长桑普森是一位教育家,2013年1月的一次课间,他走在校园里,不经意间听到了走在前面的几名学生的谈话。有名学生抱怨说:"怎么暴雪还没来呢?我都等得不耐烦了。"其他学生也随声附和。

孩子们的谈话令桑普森无比吃惊——2012年1月,暴雪曾袭击华盛顿州,给华盛顿州带来了巨大困扰和损失,学校也曾因此停课,可现在学生们却盼着暴雪降临。为了消除心中的疑团,桑普森走上前去和蔼可亲地询问缘由。起初,几名学生支支吾吾都不愿说。桑普森向他们保证,不论他们说什么都不会责怪他们。于是一名学生怯生生地告诉他:"因为降暴雪，学校就会放假，这样，我们就可以尽情地玩了啊！"桑普森听了这个天真的理由后恍然大悟，哈哈大笑起来，他对学生们说："孩子们，尽管我讨厌暴雪，但还是祝你们梦想成真！"

可是，直到整个冬天过去，华盛顿州也没有再降暴雪。桑普森想，孩子们太想找一个不用去学校上课的理由了，可天公不作美，他们一定无比失望。这令桑普森忐忑不安，他默默地等待着一个给孩子们制造惊喜的机会。

2013年5月16日晚，桑普森看过天气预报后得知，5月17日将是个难得的大晴天，非常适宜出行，这个消息让桑普森兴奋不已。桑普森打算给学生们临时放一天假，让他们尽情地去玩。桑普森就此事与学校其他领导进行商量，得到了一致的响应。此外，桑普森还让老师与家长们沟通，家长们也纷纷赞同。

当天下午，贝灵汉小学向学生们发布了放假通知。只不过，老师给学生们布置了特殊作业——在外出玩耍时拍摄照片，以便在下周一上课时，与大家分享。这个从天而降的特殊假日让学生们乐开了花，有的说要去迪士尼游乐场玩，有的说要去动物园看动物，有的说要去登山……第二天，天气果真如天气预报所说，出奇地好，学生们都玩得很开心。

下周一，学校临时安排了一堂特殊的交流课。老师通过多媒体设备展示学生们在上周五拍摄的照片，与此同时，学生们兴趣盎然地在台上讲述当天的趣事、见闻及感受，台下爆发出笑声和掌声。桑普森看着老师们发给他的众多充满童真的照片，欣慰地笑了。

贝灵汉小学因为天气太好而放假之事，在社会上引起巨大反响，人们纷纷称赞桑普森是一位真正理解孩子的好校长。在接受《今日美国》专访时，桑普森说："在一个阳光无比灿烂的日子里，让孩子暂时放弃学业，享受玩耍的乐趣，从而让他们明白，这个世界是丰富多彩的，除了学习之外，还应学会享受美好的生活！"

急需玫瑰，请打碎"玻璃"

巴蒂斯特是巴黎市政部门的一名职员，摄影是他的爱好之一。闲暇时，单身的巴蒂斯特有时会独自去一些知名的景点拍照。

2014年2月的一个周五的下午，正在休假的巴蒂斯特来到战神广场拍摄埃菲尔铁塔。巴蒂斯特累了，就在广场上随便找了个位置坐下来休息。环顾左右时，巴蒂斯特不经意间发现不远处坐着一位金发碧眼的美女，那女子低着头，捧着一本法国著名诗人波德莱尔的诗集，旁若无人地读着。每当读到精彩处，这女子就会心微笑起来。巴蒂斯特被这位女子的美貌和气质所吸引，盯着她看。

过了一会儿，那女子放下书，侧身欣赏埃菲尔铁塔，她的目光与巴蒂斯特的目光交汇在一起。巴蒂斯特向这位女孩打了招呼，女孩告诉他她名叫艾莉丝，是一名自由撰稿人。

巴蒂斯特也是个诗歌的狂热者，有时心血来潮还会写上一首。巴蒂斯特与艾莉丝先从诗歌谈起，而后还畅谈了自己对于人生、爱情等问题的看法。巴蒂斯特与艾莉丝越聊越投机，感到遇到了知音，对她一见钟情。通过试探，巴蒂斯特了解到艾莉丝已和男友分手一段时间，不禁暗自窃喜。

因为两人聊得太起兴，以至于忘记了时间，不知不觉就到了傍晚。在巴蒂斯特的盛情相邀下，艾莉丝随他去战神广场附近的一家西餐厅共进烛光晚餐。

巴蒂斯特打算在进餐时献上玫瑰，向心上人表白。在等待用餐的间隙，巴蒂斯特神秘兮兮地对艾莉丝说："我出去下，你稍等下。"巴蒂斯特在附近找了很多地方，也没有发现卖玫瑰花的商店。巴蒂斯特怕艾莉丝等急了，就急匆匆地返回了餐厅。

巴蒂斯特原本打算第二天捧着一大束玫瑰花向艾莉丝求爱，可和她开怀畅饮后，在酒精的刺激下，他的理智再也控制不住自己的情感，就向艾莉丝表白了。尽管艾莉丝接受了他，但是初次邂逅少了玫瑰花的点缀，让他多少感到有些遗憾。

分别后，巴蒂斯特走进一条小巷子，路过一家商铺时，映入眼帘的墙上的报箱让巴蒂斯特突发灵感：何不在一些著名地点的墙上安装上箱子，里面放进玫瑰，以供那些一见钟情的求爱者免费使用呢？

第二天，巴蒂斯特找到巴黎花卉协会的会长安德鲁，请求巴黎花卉协会免费为公众提供这项服务。安德鲁认为这是一件十分有意义的事情，欣然应允，交付专人督办此事。

没多久，埃菲尔铁塔周围、香榭丽舍大街上，以及其他适宜约会、求婚或一见钟情的著名地点的墙上安装了许多酷似应急箱的红色小箱子。每个小箱子内装有一支玫瑰花。箱子的正面写道："如果急需玫瑰，请打碎'玻璃'。"（"玻璃"实质上只是一层玻璃纸而已。）

人们对于这一创意很是喜欢，纷纷拍案叫绝。巴蒂斯特因为创造性地开展工作，受到了市政部门的表彰和嘉奖。

让城市生活更美好，不一定非要花费大的代价。有时一个好的创意，就可以在给民众带来便利的同时，为他们的生活增添无限情趣。

偷偷奖励恶搞者

剑桥大学的评议堂，是学校领导用来办公和颁授学位的场所，被称为剑桥最庄严神圣之地。然而在1962年7月29日早晨，剑桥大学的师生们一夜醒来，发现评议堂21米高的屋顶上，竟停着一辆破旧的奥斯汀牌汽车！这令他们惊诧不已，因为从地面没有任何阶梯可以抵达评议堂的屋顶。第二天，世界各大媒体纷纷在头版头条报道了这一令人震惊的事件。

消防人员曾多次尝试用一辆吊车将这辆汽车吊下来，但都没有成功。后来，在当地警察和市政工人的配合下，抬吊小组通过木板到达评议堂的屋顶上，将汽车吊上了屋顶。之后，他们将所有工具撤掉，才将这辆空中汽车重新吊回地面。

不少师生对于屋顶上的恶搞行为非常愤慨，要求校方查出事情的真相并对恶搞者进行惩罚，然而50年来，没有人知道是谁通过什么方法才做到的，空中汽车之谜一直困扰着剑桥大学的每届学生。

直到2012年7月29日，当年参与恶搞评议堂的剑桥大学学生团聚，庆祝恶搞事件发生50周年，现年74岁的策划者彼得·戴维才首次披露了此事的内幕：

当时 24 岁的戴维是剑桥大学冈维尔与凯斯学院的一名学生，有一次课间，天空下起了小雨，他坐在教室里俯瞰着评议堂空旷的屋顶发起呆来，突然间脑海里萌生了让评议堂的屋顶变得更有趣些的想法。放学后，戴维在评议堂附近的一处角落里发现了一辆废弃的奥斯汀牌汽车，于是他灵机一动，决定将这辆汽车弄上评议堂的屋顶。

在戴维的倡议下，他所在寝室的其他 5 名同学和隔壁一个寝室的 6 名同学积极响应恶搞评议堂的计划。为了不被人发现，他们在教室里潜伏到深夜才悄悄地展开行动。12 名参与者被戴维分成地面、桥梁、抬吊三个小组。地面小组推着汽车抵达评议堂底下，桥梁小组把一块木板架在评议堂屋顶和冈维尔与凯斯学院一个塔楼窗户之间的 2.4 米宽的空隙上，然后将由绳索、钩子和滑轮组成的简易吊车工具递送到屋顶上。最后，抬吊小组通过模板到达评议堂的屋顶上，将汽车吊上了屋顶。由于配合得十分默契，并且行动非常迅速，这 12 名同学并未被巡逻人员发现。

尽管戴维认为计划比较周全，但还是百密一疏。校方很快通过宿舍管理员了解到，有两个寝室的 12 名学生在屋顶出现汽车的前一天晚上回宿舍的时间非常晚。

当时的冈维尔与凯斯学院院长休·蒙蒂菲奥尔获悉了这些恶搞者的身份后，将他们秘密召集到一起。戴维以为他们将受到严厉的责罚，但让他意外的是，蒙蒂菲奥尔院长非但没有责罚他们，还极力赞扬他们做出了"惊人的创举"。为了奖励他们的"创举"，蒙蒂菲奥尔院长还偷偷给两个寝室各送了 1 箱庆祝香槟酒。并且为了保护这些"恶作剧者"，蒙蒂菲奥尔院长一直未公开这些学生的身份，并让知情者为这些学生保密。

剑桥大学将"求知学习的理想之地"作为校训，有着非常宽松的学术环境，极力鼓励这里的学者和学生敢于挑战权威，进行打破常规的尝试。正因如此，自建校以来，剑桥大学曾诞生众多诺贝尔奖得主，成为诞生诺贝尔奖得主最多的著名学府。

美景胜过 12 亿美元

瑞士一座名为梅德尔的小镇，位于阿尔卑斯山脉山谷深处，只有 450 名居民。这里山清水秀，郁郁葱葱，空气清新，人们依山傍居，过着世外桃源般的生活。

2012 年年初，加拿大 NVGold 金矿开采公司勘探人员的到来，打破了梅德尔小镇的宁静。这家公司的勘探人员经过仔细的科学探测，发现这里蕴藏着非常丰富的金矿。勘探人员经过推算发现，这座金矿每吨矿石含 10 克黄金，储量高达 80 万盎司（约 2.3 万公斤），市值高达 12 亿美元。这座金矿不仅是瑞士发现的第一座金矿，还是整个欧洲大陆上绝无仅有的富矿。

为了取得小镇的开采权，加拿大 NVGold 金矿开采公司总裁约翰沃森亲自找到梅德尔镇镇长彼得·本斯。约翰沃森向本斯承诺，在 10 年开采期内，每个居民将获得 40 万瑞士法郎（约合 274 万元人民币）的特许权费。并且，约翰沃森还表示，相关的商业活动也会给小镇带来好处，如削减地方税收、低利率贷款等。此外，新项目带来的资金会源源不断地注入山谷中。

本斯对于约翰沃森开出的优越条件相当满意,他本人非常支持开采金矿,不过他告诉约翰沃森,因为金矿的所有者属于全镇居民,所以最终是否同意开采要由镇上的居民决定。不过在约翰沃森看来,镇上的居民就像捡到天上掉下的馅饼一样幸运,没有不同意的道理,于是就信心满满地回去了。

接下来,本斯紧急召集镇上的全体居民和当地政府部门的所有人员开了个会。当他通报镇上发现超大金矿的消息后,会场一下子就炸开了锅。待维持秩序后,他让大家就金矿开采一事发表意见。

酒吧老板约翰说:"由于交通堵塞,导致小镇经济落后,开采金矿不仅可以使居民获得巨额的收入,还能给小镇经济注入新鲜血液。"

税务局局长查维斯则说:"金矿的开采以及相关项目的开发,可以大幅度提高税收。"

旅游局局长贝恩说:"虽然梅德尔镇景色宜人,但长期以来,由于没有特色旅游项目,到这里的游客通常只是来钓鱼的,人数也很少。而这次刚好可以借助金矿开采,推出观看金矿开采过程的特色旅游项目。"

……

大家的支持让本斯镇长眉飞色舞,他说:"若没有异议的话,那就同意开采好了。"可是他的话音刚落,一直沉默不语的环保局局长哈维斯就站了起来表示坚决反对:"难道大家为了追求金钱,要让我们的家乡变成荒凉的山谷吗?加拿大西北部地区的克朗代克,位于阿拉斯加以东,那里曾经气候宜人,风景优美,可在19世纪末,那里兴起淘金热,导致地表伤痕累累,大量植被遭到破坏,水土流失严重。如果梅德尔镇进行金矿开采的话,将让风景如画的山谷变成'微缩版的克朗代克'。"

为了增强说服力,哈维斯还利用会议现场的电脑,在网上搜索出一些克朗代克金矿开采前后反差巨大的照片,并通过多媒体投影仪演示给大家。在座的所有人看过照片后沉默了很久。

  最后,在哈维斯的倡议下,这次会议以现场无记名投票的方式来决定金矿的命运。投票结果显示,所有人均反对开采金矿。就这样,小镇最终拒绝了加拿大 NVGold 金矿开采公司的开采请求。

  梅德尔镇一位老人在接受瑞士《21 分钟商报》采访时说:"美丽的自然环境是上帝赐给我们的天然礼物,价值 12 亿美元的金矿和它相比,简直微不足道!"

为一只羊战斗

阮豪是一名来自越南的难民,11年前,他随着一艘货船来到澳大利亚墨尔本。身无分文的阮豪在四处流浪,靠乞讨和捡拾废品为生。有一天,当阮豪蹲在地下人行道里乞讨时,有一位路过的好心农场主收留了他,之后他便开始到农场里帮忙打杂。

2001年冬天的一个晚上,农场里有一头绵羊难产,躺在地上抽搐着打滚,到场的兽医无能为力。看到母绵羊痛苦的样子,大家无比难过,以为"大人"和"小孩儿"都保不住了。但阮豪并没有放弃,他走到母绵羊的身旁,蹲在地上轻轻地抚摸它的肚皮,耐心地给它安慰和鼓励。最终,那只母绵羊用尽了全身的力气,将小绵羊生了下来,之后就永远地闭上了眼睛。

阮豪管生下来的小绵羊叫芭芭拉,对它特别照顾。芭芭拉在他的精心呵护下茁壮成长起来。2002年春天,阮豪所在的农场因为经营不善破产,农场主没法支付拖欠工人数月的工资,便请求阮豪用芭芭拉充当酬劳。芭芭拉是被阮豪救下来的,阮豪对它有着特殊的感情,所以对于农场主的请求欣然接受。

后来，在原来的农场主的引荐下，阮豪又来到另一家农场做工。每天上班前，阮豪都将芭芭拉牵到草地上吃草。每当有闲暇时间，阮豪就牵着芭芭拉在草原上散步，他边散步边歌唱，悠扬的歌声在草原上回荡，这是阮豪一天中最开心的时刻。晚上，阮豪和芭芭拉一起住在农场主提供的小房子里。尽管阮豪在澳大利亚无亲无故，但是10年来因为有芭芭拉的陪伴，他的脸上总是挂着微笑。

阮豪的老板和同事都知道，按照动物法来讲，阮豪在自己不足半公顷的地方饲养牲畜属违法行为，但鉴于阮豪对芭芭拉感情深厚，就对阮豪的行为睁一只眼闭一只眼。然而，就在今年6月的一天，在阮豪上班时，一个调皮的小孩儿将用于栓芭芭拉的铁锥子从地里拔了出来。摆脱了束缚的芭芭拉破坏了阮豪一位同事所种的蔬菜，蔬菜的主人发现此事后大发雷霆，一气之下向墨尔本政府举报了阮豪的违法行为。

墨尔本市政府经过调查后认定，阮豪的饲养行为确实违反了动物法，于是要求阮豪交付240澳元罚款，并且将芭芭拉上交。阮豪解释说自己一直以来将芭芭拉当作宠物，从来没有将之当作牲畜对待。他同意支付罚款，但坚决反对交付和自己相依为命长达10年之久的宠物绵羊芭芭拉，并打算采取法律行动来维护自己的权益。

阮豪的遭遇经过澳大利亚各大媒体报道后引起巨大反响，知名律师戴维斯主动为阮豪提供法律援助，在他的支持下，阮豪一纸诉状将墨尔本市政府告上维州高等法院。

在庭审现场，被告墨尔本市政府和原告阮豪的代理律师戴维斯围绕芭芭拉究竟应被视为牲畜还是宠物展开了激烈的辩论。被告方方认为按照澳大利亚动物法，绵羊毫无疑问应被归为牲畜，所以政府的处理是正确的。

而原告代理律师戴维斯则认为，尽管按照法律规定，芭芭拉是牲畜，但判定一只动物究竟是畜生还是宠物,不能简单停留在字面意义上。对于阮豪而言,芭芭拉是他重要的精神寄托。所以芭芭拉不应被归到牲畜一类,而应被视为宠物。如果政府强行将芭芭拉没收,是对人权的公然践踏,将会给阮豪造成巨大的心灵创伤。

最终,维州高等法院判定阮豪胜诉。尽管判决结果和动物法产生了冲突,但人们还是纷纷表示称赞。《澳洲人报》对此案有以下评论:"制定法律的重要目的之一是确保人权不受侵犯,如果将法律凌驾于人权之上,为了执法而执法,将会带来可怕的灾难!维州高等法院判定阮豪胜诉,表面上看违反了动物法,实则是对法治精神的最好诠释!"

牧场主告倒英国空军

13年前，伦敦小伙安德鲁大学毕业后，进入皇家苏格兰银行工作。安德鲁的一位朋友是牧场主，经常向他灌输一种理念：做牧场主既可以远离大都市的喧嚣，投入大自然的怀抱，享受安宁，又能赚不少钱。受他的影响，安德鲁渐渐地萌生了开牧场的想法。

2008年春天，在朋友的鼓励和帮助下，安德鲁辞去了工作，在英格兰梅德斯通附近办起了一家养殖奶牛的小型牧场。最初，安德鲁的牧场只有几百头奶牛，在他的精心打理下，牧场的生意蒸蒸日上——奶牛产奶的质量优异，供不应求，奶牛数量也逐渐增多。4年后，安德鲁的农场发展成为拥有上万头奶牛的大型牧场，年产值高达3500万英镑。

2012年12月的一天上午，安德鲁正在牧场的栅栏边和几名员工议事。突然，巨大的轰鸣声打破了牧场的安静，他们被吓了一大跳，奶牛哞哞乱叫，四处乱窜。安德鲁抬头望天，发现有几架战机正从牧场的上空低空飞过。安德鲁意识到，这是英国空军正在进行飞行演练，尽管十分生气，但他认为这是空军偶尔的行为，也就没太在意。

没想到，自那以后，英国空军的战机经常从牧场上空进行低空演练。奶牛的产奶量逐渐减少，牧场的销售额也在逐渐萎缩。安德鲁认为这是英国空军低空演练造成的，这一判断得到了资深兽医的肯定。

安德鲁火冒三丈，便向英国政府控诉英国空军的扰民行径。接待安德鲁的办事员态度十分友善，向他保证一定会向负责人反映此事，一有结果就立刻通知他。安德鲁满怀希望地等待着处理结果。可是，一直到2013年6月也没等来任何消息。此时，安德鲁牧场里的奶牛只有少部分能够正常产奶，近三分之一的奶牛停止了产奶，近五分之一的奶牛产奶量不及原来的四分之一。

2013年7月初，安德鲁给英国政府打电话咨询，没想到对方支支吾吾，说不出所以然，后来索性挂断了电话。

安德鲁对政府的立场相当不满，就将自己的遭遇发在推特上和网络论坛里，以此声讨英国空军的侵权行为。网友纷纷对安德鲁的遭遇表示同情，并对空军的扰民行径进行了强烈谴责。

此外，安德鲁一纸诉状将英国空军告上法庭，要求英国空军停止侵权、道歉并赔偿损失。在庭审时，英国空军的代理律师狡辩道："空军在安德鲁的牧场上空举行飞行演练是完全合法的，即便吓着了安德鲁的奶牛也是无心之举。再说，没有一个安定和平的环境，任何企业活动都不能正常开展，而空军举行飞行演练正是为了保家卫国。我们可以向安德鲁先生表示歉意，并停止干扰，但不会赔偿损失。"

安德鲁的代理律师在庭审现场据理力争："法律的确没有规定战机不能在安德鲁的牧场上空进行低空飞行，但是法律规定了人民的财产权神圣不可侵犯。此外，如果说空军在进行飞行演练前根本没有意识到可能给安德鲁的牧场造成困扰，那只能说明英国空军根本就没有把人民的权益放在眼里。拿保家卫国作为开脱的理由更是无稽之谈——既然举行飞行演练的目的是给人民创造良好的环境，那为何偏偏在训练时对牧场造成了巨大干扰呢？更何况，没有纳税人出钱，哪来的战机？"

英国空军的辩护律师哑口无言，最终，安德鲁胜诉，英国空军向他赔偿了500万英镑的损失。在兽医的建议下，安德鲁专门请英国爱乐乐团为奶牛演奏了舒缓的音乐，逐渐使奶牛的产奶量恢复了正常。

英国《每日邮报》对此事评论道："国家机构在行使职能时，不能只想着为国家做出了什么贡献，还要充分确保人民的利益不受侵害，永远不能以服务人民为借口而无视人民的利益！"

把牙签做成美味

去年国庆长假期间,妻子跟团前往韩国旅行,抵达首尔后的当天晚上,他们在当地一家酒店就餐。刚落座,几位眼尖的游客惊奇地发现,酒桌上放着的牙签颜色与国内的牙签颜色大不相同,有淡绿色的,也有淡黄色的,还有浅灰色的,等等。

他们请导游介绍下这种牙签,导游说,这种牙签是一种环保牙签,由土豆、红薯或玉米淀粉制成,长度一般在6厘米左右,有各种颜色,看上去比传统牙签更美观,虽然硬度不如传统牙签,但同样能够正常使用,最重要的是,制作此种牙签不需要木材和竹子,非常有利于节约资源、保护生态环境。为了让大家了解此种牙签的来历,导游给大家讲了这么一个故事:

多年前,韩睿渊在釜山广域市繁华地带经营着一家餐厅。韩睿渊是位环保主义者,在平时的生活中尽可能避免使用一次性用品,外出尽量使用公共交通工具,经常参加公益植树活动……此外,韩睿渊在餐厅经营中也非常注重环保——尽量避免使用一次性餐具,对循环使用的餐具进行严格消毒,还将剩菜剩饭提供给一家养猪场。

一段时间后,这家养猪场的一些猪突然出现拒食、腹胀的症状。场长发现后,让人请来了一位资深的兽医诊治,可兽医无法确诊,也无法采取有效的医治措施。最终,这些猪相继死去。为确定猪的死因,兽医对其进行了解剖。兽医发现,这些死猪的胃中都有大量竹制牙签,由此判定,是这些难以消化的牙签导致了猪的死亡。

这些牙签来自韩睿渊的餐厅提供的剩菜剩饭,所以场长给韩睿渊打电话,告知此事,让他赔偿损失,并请他提醒自己的店员再收拾剩菜剩饭时一定得多加小心,防止会对猪产生伤害的物质尤其是牙签再混入其中。韩睿渊感到十分愧疚,表示愿意赔偿,并设法杜绝此类事件再次发生。

为此,韩睿渊专门召集店员开会,告诫店员再出现此类事故将扣除涉事人员的奖金甚至是工资,如果无法确定责任人,所有参与收拾剩菜剩饭的店员都要受罚。

然而,几个月后的一天,同样的事故再次出现,这令韩睿渊苦恼不已。在苦思冥想解决问题的办法之时,刹那间,韩睿渊灵机一动:如果牙签是淀粉做成的,并且采取某种工艺,使其遇水可以溶化或被猪消化,那么牙签被剩菜剩饭中的水浸泡后就可以被分解,即使被猪吃下去也会被消化掉,就不会危害猪的健康。韩睿渊进一步想到,为了防止浪费,可以把这种淀粉做成人可以吃的美味食品,这样一来,可以节省大量的竹子和木材,有益于环保,一举多得。

如此大胆的创想令韩睿渊激动不已,当天晚上他兴奋得难以入睡。为了确定自己的想法是否可行性,韩睿渊专门跑到了当地一家食品研究机构,向里面的几位专家请教。这几位专家对他的创意赞不绝口,一致认为,利用现有的食品科学工艺,他的想法完全可以付诸实践。

为了让全韩国推行淀粉牙签,韩睿渊联名几位食品专家给韩国环境部写了一封信,可过了很长时间仍杳无音信。于是,韩睿渊转向当地的民间环保协会求助,这家环保协会的会长得知了他的想法后非常重视,就通过自己的私人关系将报告递交给了韩国环保部的一位主要官员。那位官员也将此报告拿给环保部的其他一些主要官员看,他们也都认为韩睿渊的点子很棒,值得在韩国全国进行大力推广。韩睿渊因为在环保方面提出了宝贵建议,受到了韩国政府的大力表彰。

在韩国环保部的倡议下,生产传统牙签的厂家陆续转型,一年后,淀粉牙签在整个韩国得以推广。

创意的力量是无穷的,在现实中,有很多事物像牙签一样表面上看起来司空见惯,却存在着缺陷。如果能对其加以创造性的改造,就可以使其扬长避短,对人类更有益处。

深受欢迎的"不务正业"

1958年的平安夜,在位于美国科罗拉多州的夏延山山区的北美防空司令部,哈里·舒普上校正在值班,窗外正飘着鹅毛大雪。

突然,电话铃声响起。哈里接通电话,话筒里传出稚嫩的声音:"请问您是圣诞老人吗?"哈里对这突如其来的问题感到莫名其妙,解释说:"不是。"孩子又问:"那您能告诉我圣诞老人什么时候才能到我家吗?我很希望能尽快收到他的礼物。"哈里哪里知道,可他也是一位父亲,他明白,如果他回答说不知道,将会伤害到孩子,于是,哈里打算给孩子撒个美丽的谎言。哈里让孩子稍等一会儿,之后告诉他:"这里是北美防空司令部,雷达追踪显示,圣诞老人即将飞跃纽约上空。"

孩子惊叫起来:"那就要到我家里了啊,看来我就要尽快睡觉了。"哈里问孩子是如何得知他们的电话的,孩子告诉他,他的妈妈在当天的《纽约时报》上看到了圣诞老人的电话号码,就让他拨打。哈里还是不太明白究竟是怎么回事,就让孩子请她的家长接电话,以核实具体原因。家长告诉他,当天的《纽约时报》上,美国零售业巨头西尔斯·罗巴克公司在报纸上刊登了"平安夜给圣诞老人打电话"这一活动的广告，留了"圣诞老人"的电话。哈里据此判定，报纸误将北美防空司令部的电话号码刊登了出来。哈里哭笑不得。而后，电话接连响起，哈里逐一解答孩子们的问题。

有一位打进电话的孩子的家长从孩子口中得知，有人声称通过雷达追踪到圣诞老人行踪这件新鲜事后，他认为这背后必有文章，于是拨打了《纽约时报》的新闻热线，向报社值班人员提供了这一新闻线索。

报社值班人员立即将线索告知了一位女记者，为了防止电话占线，影响孩子拨打电话，她很晚才拨通了北美防空司令部的电话，对哈里进行采访。哈里将事情的来龙去脉告诉了她。女记者说："你这么做安抚了许多正迫不及待地等待着收到圣诞礼物的孩子，但你想过没有，明年想必还会有很多孩子们拨打这个电话的。多么希望你们能够将'为孩子追踪圣诞老人'这事坚持做下去。"哈里起初认为女记者只是说说而已，可第三天，哈里在《纽约时报》上刊登的《北美防空司令部为孩子追踪圣诞老人行踪》的消息中了解到，许多孩子正期盼着来年拨打北美防空司令部的电话了解圣诞老人的行踪。这令哈里清楚地意识到，如果来年不再接听孩子们的电话，势必会让他们伤心，他由此想到：何不就在每年平安夜期间开通追踪圣诞老人的热线呢？

哈里向北美防空司令部司令诉说了自己的请求，司令当即驳斥了他："你的爱心值得肯定，可军人所从事的工作应该是严肃的，如果我们这样做太荒唐了，太不务正业了！"哈里说："表面上看这样做是不务正业，但如果抛开这件事的形式去审视其本质，那么此事就是值得我们去做的。"司令疑惑地问："为何如此说呢？"哈里解释道："我们军人的宗旨不就是为了民众的幸福吗？而帮孩子们'追踪'圣诞老人可以呵护孩子们的童心，这其实和我们的宗旨是一致的啊！"司令茅塞顿开，接纳了他的请求。

于是，自1959年开始，北美防空司令部每年有专人在美国山区标准时间12月24日2时至12月25日2时之间接听热线，解答世界各地的孩子们关于圣诞老人行踪的问题。后来，此活动越来越受欢迎，影响力越来越大，打进电话的孩子越来越多，北美防空司令部就邀请众多官兵的家人和朋友充当志愿者。

自20世纪90年代以来，北美防空司令部开通了"NORAD 跟踪圣诞老人"网站，使得全世界的人都可以在平安夜获得圣诞老人的"最新位置"。进入21世纪，北美防空司令部又陆续采取3D虚拟地球、Google地球、电脑及手机软件都多种方式，直观生动地"追踪"圣诞老人的位置。

去年圣诞节后，有人觉得北美防空司令部几十年如一日的"追踪"圣诞老人有点荒谬，但雷迪什少校却幽默地回应："对于那些为民众服务的机构而言，有的事即便与自身的职能毫无关系，但只要是力所能及的，有意义的，就值得去做。"

一次温暖的"兴师动众"

10年前,美国男童迈尔斯·斯科特出生在加州最北部一座小城市里的一个普通家庭。迈尔斯降生后,他的父母对他关怀备至,希望他能够健康成长。一家人其乐融融,过着幸福的生活。

然而,在迈尔斯刚过1岁半时,他的母亲有一天发现他食欲不振,咳嗽得厉害,起初以为他感冒了,可带他去医院检查后被告知他患的是白血病。这个不幸的消息如晴天霹雳一般,给这个原本幸福的家庭蒙上了浓重的阴霾。

迈尔斯开始接受治疗,治疗引发的恶心、呕吐等身体的不良反应使他遭受着常人难以忍受的痛苦和折磨。为了鼓励迈尔斯战胜病魔,他的父亲雅各布·斯科特常给他讲超人、蜘蛛侠、蝙蝠侠等英雄的故事,有时带他观看歌颂这些英雄的电影,还给他买相关的玩具。当遭受病痛折磨之时,迈尔斯联想到这些英雄,就鼓起勇气,咬紧牙关硬挺。

迈尔斯对于那些英雄都感兴趣,但最感兴趣的是蝙蝠侠。在迈尔斯四岁半时的一天晚上,他告诉父亲,他最大的梦想是做回蝙蝠侠,挫败坏人。

2013年10月底，雅各布告诉迈尔斯一个好消息，旧金山一家名为美梦成真的慈善机构为他量身定做了一套"蝙蝠侠"的装束，等着他前去领取，迈尔斯激动不已。11月14日，雅各布夫妇带着迈尔斯来到旧金山领取了装束后，工作人员又告诉他一个更大的好消息——11月15日旧金山市将变为遭受危机的"高谭市"，等待着他去拯救，迈尔斯高兴得手足舞蹈起来。

这是怎么回事呢？原来，10月初的一天，迈尔斯的父亲在报上看到了美梦成真所做的公益广告，广告语为"圆重症儿童一个美丽的梦"。雅各布迫不及待地向这家慈善机构打电话申请帮儿子圆梦。美梦成真对迈尔斯进行详细的了解后，被他坚强的意志、乐观而充满正义的精神所感动，就答应了。

根据设定的剧情，需要大量群众演员配合演出，于是，美梦成真通过各大媒体公开招募志愿者。没过多久，就有几万人报名，还有位富豪将自己的兰博基尼跑车无偿借给迈尔斯充当"蝙蝠车"。此外，美梦成真邀请到旧金山警察局局长格雷格·苏尔扮演"高谭市"市长，邀请到现实中的真实人物出演检察官和联邦调查局探员，而蝙蝠侠的跟班罗宾则由雅各布饰演。11月14日晚，奥巴马在白宫上传到推特上的一段视频中说："加油，迈尔斯！去解救高谭市。"

11月15日上午，"高谭市"闹市区的几条街道上人山人海。"蝙蝠侠"迈尔斯乘坐"蝙蝠车"前往事发地，在他经过每个站点时，路人都为他呐喊助威。迈尔斯"去体育场解救了巨人棒球队的一个吉祥物"，"到城区缆车轨道上解救了一名妇女并成功拆除了一个爆炸物"，"前往一家银行挫败了坏蛋打劫金库的计划"。之后，"高谭市市长"格雷格向"蝙蝠侠"送上了一把巧克力制成的钥匙，表示这座城市感谢并欢迎他。

美梦成真对此项活动进行了现场直播，许多观看了的网友在推特上抒发了自己的心声——

一位网友说:"迈尔斯,你是超级英雄,相信你定能战胜病魔!"

有人说:"迈尔斯,感谢你抓住了那些'坏蛋'。你激励了我们所有人。"

《旧金山纪事报》则评价道:"尽管此次活动动用了大量公共资源,但是我想不会有人有怨言,因为爱心是无价的,它让我们看到世界是美好的,让我们对生活充满希望!"

222张欠条串成的旅行

身无分文上路,完全靠向陌生人借钱来完成旅行,这听起来简直就是天方夜谭。但现实中真有人做到了——深圳作家刘美松就通过这种不可思议的方式游遍了中国。

刘美松经营着一家印刷厂,2010年的一天,他开车前往临近的城市与一个大客户洽谈印刷业务,可出高速收费站时,才发觉忘带钱包。刘美松原本想折回家去取,可他已与客户约定好时间,回去拿钱肯定会迟到。刘美松被逼无奈,只好硬着头皮将自己的难处告知收费员,并向对方借钱,没想到那位收费员很爽快就答应了。刘美松无比感动,他由此想到,当今社会缺乏诚信,在很多时候,人与人之间互不信任,既然这次他能成功赢得陌生人的信任,那何不通过向陌生人求助的方式来呼唤诚信呢?

没过多久,刘美松就策划了名为"诚信出发,一人一车,身无分文,100天游遍天下"的行动方案。这次行动要坚守不乞讨、不打工、不要一分钱赞助这三个底线。

2010年8月25日，刘美松满怀信心地从深圳出发了，可第一天他就被泼了一盆冷水。刘美松到了海岸港需要乘坐轮渡到海口，要花452元。为了买票，刘美松用了几个小时，一遍又一遍地向码头收费员、领导以及旅客诉说此次旅行的目的，还向他们保证，所借的钱他的妻子3~5天一定会还上，恳请他们相信。被求助者都以异样的眼光看着他，不予理睬。

刘美松无比失落，只好暂找酒店住，在向一家酒店的经理再三解释后，没想到那位经理不仅答应他赊账入住，还借给他乘轮渡的钱，使他的旅程得以继续。

从广东到广西要经过13个收费站，刘美松经过第一个时就遭遇到了巨大阻力，他再三向收费员借钱交过路费，可对方认为他脑子不正常，死活就是不答应。就在刘美松陷入绝望之时，一位过路的好心司机伸出了援手。这件事严重影响了刘美松的心情，之后，他一遇到收费站心就发慌。但为了完成计划，刘美松不得不咬紧牙关，一遍遍向陌生人陈述借钱的原因。

一天晚上，刘美松到了河北石家庄，打算入住一家经济型酒店，可此时他已口袋空空。当刘美松再三向路边的两位陌生女孩借钱时，遭到强烈的拒绝。刘美松无可奈何，只好走开，另寻求助对象。刘美松没走多远，其中一位女孩就追了上来，她真诚地对他说："我宁愿冒险相信你！"那一刻，刘美松感动得差点哭了出来，这种温暖让他感到，再多的冷漠、拒绝和嘲笑都显得微不足道。

有时，当接连受到打击后，刘美松就心生悔意，怪自己自讨苦吃。但好在每到此时，总有陌生人伸出援手，助他前行。

途中为了省钱，刘美松吃得十分简单，经常吃泡面和干粮。因为摄入蔬菜过少，刘美松的嘴巴甚至出现了溃烂。可即便如此，刘美松还是经常会饿肚子，有时饿得连说话都困难。

2012年12月2日，刘美松返回深圳家中，此时他的体重比出发时下降了20多斤。在这100天里，刘美松完全靠陌生人的借款完成了长达2.8万余公里的旅程。刘美松一共打了222张欠条，借款总金额近5万元，最大一笔欠款金额为5742元，最小一笔欠款金额为10元。这些欠款，刘美松的妻子全都在约定时间内还上了。

刘美松根据自己这100天的亲身经历写成了《欠条》一书，在2013年8月底此书的新闻发布会上，曾经借钱给他的10位债主被他请到了现场，见证他的"呼唤诚信之旅"，为这趟特殊的旅程画上了圆满的句号。

刘美松在接受媒体专访时说："我以我的行动证明这个社会仍存良知，我希望222张欠条犹如222粒诚信的种子，将诚信扩散到整个社会！"

母爱感动死神

不久前,发生在悉尼利物浦医院的一件神奇的事感动了整个澳大利亚。

查普曼是一名大龄孕妇,她经过长达 10 个小时的煎熬产下一名男婴,奇怪的是,这名男婴出生后没有发出任何声音。在场的医生仔细检查后,发现他没有任何生命迹象,于是立即展开抢救。

半小时后,助产士将男婴抱到了查普曼面前,低沉地说:"很抱歉,我们已经尽力了。由于先天的生理缺陷,孩子无法活下来。"查普曼看到,瘦弱的小家伙双目紧闭,小小的脑袋耷拉着,四肢软弱无力,就好像要掉下来一样。无情的现实令查普曼顿时失声痛哭起来。

查普曼接过孩子,紧紧地抱在怀里,让孩子的头枕在自己的手臂上。接着,她温柔地抚摸着孩子的肩膀,边抚摸边温情脉脉地对孩子说话:"宝贝,你不能就这样去见上帝。你知道吗?你叫詹米,除了爸爸妈妈,你还有个 8 岁的姐姐,我们都很爱你。你若醒来,爸爸妈妈会给你买好多好多的玩具,会给你讲各种各样的精彩故事,会带你去世界上最美丽的地方旅行……"一旁的丈夫安德鲁担心妻子伤心过度,就安慰她说:"亲爱的,我知道你很难过,可是你现在身体很虚弱,不要哭坏了身体啊。"

对于丈夫的劝告,查普曼并没有理会,仍旧和詹米说话。过了大概10分钟后,查普曼突然感觉有微弱的气息从詹米的鼻腔里冒出,她惊喜地以为孩子活过来了,但助产士解释说这只是反射而已。

渐渐的,詹米呼吸的频率越来越频繁,并且慢慢睁开了眼睛,脑袋还转动了一下。查普曼急忙让助产士喊来医生,强调孩子复活了。可是桑德拉教授看了下詹米后,同样认为詹米的一些动作只是反射而已。

查普曼仍不甘心,她用指尖沾了一些母乳,向詹米的嘴里喂,没想到小家伙竟然喝了下去,过了一会儿就能正常呼吸了。直到此时,桑德拉教授才对孩子进行了检查,她拿仪器测量出詹米的心跳后,连连摇头:"我的上帝,这孩子居然活过来了!太不可思议了!太不可思议了!"

这件神奇的事迅速传遍了悉尼的大街小巷,悉尼电视台对此事进行了采访,安德鲁激动地说:"我为拥有查普曼这样伟大的妻子感到自豪,如果她没有那样做,我们的孩子肯定已经不在人世了。"桑德拉教授则说:"按照现有的医学理论来说,詹米是一个已经被死神宣判死亡的孩子,是查普曼出于本能的母爱感动了死神,创造了起死回生的奇迹。"